小学館文庫

太陽と月

サッカーという名の夢

はらだみずき

小学館

太陽と月

サッカーという名の夢

🌘

——やられる。
と思った。
芝生の上から、スッとボールが動いた。
すると彼はもうそこにはいなかった。
ボールと一緒に消えてしまった。
まるで手鏡に反射させた、太陽の光みたいに。
バランスを崩しながら、あわてて振り返る。
肩越しに遠ざかる背中が見えた。
小さな背中は、ゆれながらドリブルでゴールへと向かう。
ボールは、スパイクに吸いつくように足もとから離れない。

ゴールキーパーとの一対一。

右足のアウトサイドでの小刻みなタッチから、大げさなキックモーション。

そのフェイントにまんまとだまされたゴールキーパーが、セービングの体勢で横に倒れこむ。

彼は前後の足でボールをはさみ、からだをひねるようにしてかかとで蹴り上げる〝ヒールリフト〟を使った。

ふわりと浮かせたボールが、ゴールキーパーのからだを越え、白い枠のなかに吸いこまれていく。

――ゴール。

立ちつくしたぼくは、生まれて初めて鳥肌が立つのがわかった。

自分がやられたからじゃない。

ゴールまでの軌跡が、あまりにも鮮やかだったから。

「ナイッシュー」

敵のゴールながら、心のなかでつぶやいていた。

フェンスの外を囲んだ大人たちから、どよめきが起きる。

グラウンドコートを着こんでベンチに座りこんでいた審査員のコーチたちが一斉

に腰を上げた。

主審が少し遅れてゴールの笛を吹く。

得点を許したゴールキーパーは、まだ立ち上がれない。

余裕でループシュートを決めた彼は、ニコリともせずに引き返し、こちらに向かってくる。息は乱れていない。ツンツンと立たせた髪の下で、勝ち気そうな瞳がまっすぐにらんでくる。

どんどん近づいてきて、危うくぶつかりそうになり、ぼくのほうが道を空けた。

「デカいだけかよ」

すれちがうとき、冷めた声がした。

ひとり言にしては大きすぎる。

自分に向けられた言葉にちがいなく、遠ざかる背中をにらんだ。

ぼくの肩よりも背が低かった。

でも、なにも言い返せなかった。

とぼとぼとディフェンスラインにもどると、「なに、簡単に〝股抜き〟されてんの」と、同じ色のビブスをつけたセンターバックが苛《いら》ついていた。

――きみだって、やられたくせに。

そう思ったが、「ごめん」とつぶやいてしまった。
――そうか、ぼくの両足のあいだにボールを通したのか。
今になって気づいた。
「ナイスゴール、たいよう」
「さすが、たいよう！」
相手チームの選手が、彼のまわりに集まってくる。
――〝太陽《たいよう》〟？
そういえば、チームメイトのノブから聞いたことがある。
すげえ点とり屋がいるって――。
その選手は小柄だけれど、めちゃくちゃドリブルがうまいフォワードで、たしか、
〝太陽〟という名前なのだと。

主審が笛を吹き、味方ボールのキックオフでゲームが再開された。
敵の攻撃に備えながら、思い出していた。初めて太陽を目にした日のことを。
ある晴れた日に、理科の授業で太陽の観察をすることになった。校庭に出る前に、
太陽を直接見たら失明のおそれがあると、担任の先生からくり返し注意を受けた。

太陽は人々の生活の成り立ちになくてはならないけれど、危険な存在でもあるのだと知った。

配られた遮光グラスでぼくが見た太陽は、小さく、しかし強く輝いていた。

「うわぁー」

生徒たちが声を上げた。

「すげえ！」と近くでだれかが叫んだ。

ぼくは黙ったまま空を見上げ、太陽を見つめ続けた。

授業では、太陽と月のちがいについて学んだ。

太陽は、恒星と呼ばれ、自ら光を放っている星だ。

自分の位置をけっして変えない。

太陽の周りには、水星、金星、地球、火星、木星、土星、天王星、海王星がとり囲むようにまわっている。

一方、月はといえば、地球の周囲をまわる衛星で、自らは光を放たず、太陽の光を浴びて青白く見えるにすぎない。実際の大きさは、太陽のおよそ四百分の一。

――知らなかった。

見た目では、月は輝き、大きい、と思いこんでいた。

ぼくは、太陽がうらやましくなった。

「──クリアー！」

味方ゴールキーパーの叫ぶ声でぼくはわれに返る。

まばゆい太陽に照らされたロングボールがこっちに向かって飛んでくる。

さっきゴールを決めた彼が見えた。

ディフェンスの裏のスペースを狙って、ウェーブを描きながら迫ってくる。

耳元でささやかれたように、さっきの言葉がよみがえった。

──デカいだけかよ。

言われたのは、今日が初めてじゃない。

チームメイトからも、「遅い」とか、「鈍い」と言われ続けた。ある時期、〝標的〟にさえされた。

コーチからも、俊敏さに欠けると指摘された。

そのときもぼくは、なにも言い返せなかった。

自分でも、そう感じていたから。

ぼくの名前は、月人《つきと》。

小学六年生ながら、身長173センチ。対戦するチームにぼくより背の高い選手はいない。けれど、そんなからだをもてあましてもいた。自分のからだなのに、どこか自分のからだじゃないみたいに、ぎこちなく感じる瞬間がある。

ぼくは思っていた。本当はちがう。今の自分は、本当の自分じゃないのだ、と。

ボールの落下点で、太陽と交差するようにしてジャンプする。

「うっ」

一瞬、息が詰まった。

ボールは、ぼくの胸元にあたり、ピッチにはね返る。

着地したぼくは、27センチのスパイクでやみくもにボールを蹴飛ばした。

――月に届くくらい遠くまで飛んでいけ！

心のなかでそう叫びながら。


「ところで月人、今日、ここへなにしに来た？」

ハンドルを握った晴男《はるお》が口を開いた。

「なにしにって、サッカーに決まってるでしょ」

助手席のぼくは、おにぎりをほおばった。

「で、どうだった？」

「どうって？」

ご飯が喉に詰まりそうになり、胸をとんとん叩《たた》く。

「今日の試合の出来さ」

「〝晴《は》じい〟には関係ないでしょ」

「関係ねえってことあるか。だれのおかげで、今日サッカーできた。そうじゃねえか？」

——そのとおりだ。

今日、母さんは仕事だった。父さんは関西に単身赴任中。郊外にあるグラウンドはかなり交通の便がわるく、頼れるのは、近所に住む祖父の晴男くらいだ。

昨日の夜、ぼくが晴男に電話をして送り迎えを頼んだ。いつも畑仕事に使っている軽トラックではなく、軽ワゴンのほうで迎えに来るよう念を押した。薄汚れた軽トラックに乗っているのをチームメイトに見られたくなかったからだ。

「ぜんぜんだめだった」

ぼくの言葉はため息まじりになった。

「わかるように説明しろや」

いつもとちがう晴男の声色に気づき、ちらりと横顔をうかがった。

前を向いた晴男は目尻にしわを寄せ、目を細めている。口元は一文字に結び、笑っていない。

「今日は、セレクションでした」

ぼくは説明をはじめた。「セレクションっていうのは、選抜テストのこと。サーディンズは知ってると思うけど、Jリーグに所属してるクラブ。J2に落ちてからもう長いことJ1に昇格できてないけどね。サーディンズにはアカデミーって呼ばれてる下部組織があるから、六年生を対象としたジュニアユースのセレクションの募集があって、今日それの一次テストをぼくは受けた。でも、自分としてはアピールできなかった」

「できるじゃねえか」

「え？」

「おまえはそうやって、きちんと話ができる。それは大切なことだ。人としても、サッカー選手としても。だったら最初から、ちゃんと答えりゃいい」

「――はい」

小さな声で返事をした。

「友だちも受けたのか？」

「受けたよ」

「おまえと仲のいい、ええと、デブちゃんだっけ？」

「ノブでしょ」

たしかに少し太っていると思いながら、「ノブは受けてない。サッカー続けるかわからないし」と答えた。

「じゃあ、月人は続けるつもりなわけだ」

「あたりまえでしょ。そのために、Jリーグ以外のクラブチームのセレクションをこれから受けようと思ってる。もうはじまってるんだよ、中学からのサッカークラブ選びは」

「ほー、そうかい」

晴男は感心したようにうなずいた。

「ところで、今日のテストはタダなのか？」

「母さんが、受験料の二千円を振りこんでくれた」

「不思議な世の中よのー」

晴男はフンと鼻を鳴らした。

「なにが？」

「だってそうじゃろ。プロのクラブの選手は、いわばチームの〝宝〟のような存在のはず。その〝ダイヤの原石〟を掘り当てようというのに、金をとるのか」

「どこもそうみたいよ」

「まあ、それはいい。それを承知で受けたわけだからな。でもな、月人、おまえはその二千円分、今日サッカーをしてきたのか？」

「え？」

「母さんのパートの時給は、たしか九百円かそこらだぞ」

暗算してみた。

今日やった半面でのゲームは、ひとり二本の参加。8分を二本だから、16分で二千円。

その16分で、いったい自分はなにができただろう。

いや、なにをしようとしただろう。

「いいか、月人」

晴男は一拍置いた。「やるからには、もとはとれよ」

「もとって？」

「自分が払った分は、少なくとももとり返せっちゅうこっちゃ。しかもおまえは自分で払えず、親に払ってもらってる身だからな」

「ああ、うん……」

　ぼくは大きなからだをちぢこませた。

「それはそうと、今日、おまえはどこのポジションでプレーした？」

「ええと、一本目はサイドバック。二本目は……、センターバック」

「ほー、ディフェンダー志望になったのか？」

「ちがうよ、フォワード」

　知ってるくせに、とつぶやいた。

　晴男は、ぼくには告げずに試合をちょくちょく見に来る。試合中は、声援を送ったり、指示を出したりするような真似《まね》は一切しない。ぼくの所属するウェーブFCには、そういう親が多く、正直うんざりするのだが、晴男は保護者たちとは別の場所で、ぽつんと見ている。試合が終われば、さっさと帰っていく。

　でも、晴男はよく目立つ。背が高いからだ。チームメイトからは〝謎のじいさん〟とあだ名がついている。ぼくは他人のふりで通すことにしている。

ぼくの父さんも母さんも背が高いわけではない。それなのにぼくの背が高いのは、隔世遺伝、祖父の晴男に似たのだろうと母さんが話していた。

「じゃあ、どうしてフォワードでテストを受けなかった？」

晴男がポジションの話題を続けた。

「しょうがないんだよ。チーム分けのあと、ポジションはジャンケンで決めたから」

「ジャンケンで？」

晴男がふっと笑った。

「なにがおかしいの？」

「いや、すまん」

しわだらけの顔は笑いをこらえている。

「いや、朝は口もきかんし、今日はおまえにとって大切な日なのかと思ったもんだからな」

「大切な日だったよ」

思わず言い返した。

「なら、どうしてフォワードでプレーしなかった？」

「だから、そうもいかないんだって」

ぼくはそう答えるしかなかった。

「そうかそうか。で、これからどうするつもりだ」

「――考え中……」

「聞いていいか？」

「疲れてるから、ひとつにしてよね」

16分プレーしただけなのに、そう釘《くぎ》を刺した。ほんとうは、疲れているのではなく、落ち込んでいるのだ。

晴男はハンドルを握ったまま、静かにうなずいた。

そして、尋ねた。

「月人、おまえにとって、サッカーってなんぞ？」

――自分にとってサッカーとはなにか。

答えを、ぼくは口にできなかった。

ボールを蹴りはじめたのは、歩くようになってすぐの頃。家には大小さまざまなサッカーボールがすでにあり、気がつけば蹴って遊んでいた。そのボールは、ことあるごとに晴男が持ってきたものらしい。

四歳でサッカースクールに通いはじめ、小学二年生から地元のサッカークラブに入った。

サッカーをはじめたきっかけは、自分でもよくわからない。

父さんは、子供時代に野球をやっていたらしい。とはいえ、中学からは美術部。仕事が忙しく、今はスポーツとは縁がなさそうだ。高校までバレーボール部だったという母さんは、試合にあまり出られなかった。つまり補欠だったと聞いている。

両親とも、からだを動かすことが得意とは思えない。高校受験を控えた、帰宅部である姉の虹歩《にじほ》はサッカー部の男子とつき合っていたけれど、最近別れた。そのせいか、サッカーの話題を避けている。

近しい者でサッカーと関わりがあるのは、晴男くらいだ。

もちろん昔の話だけれど、サッカーをやっていたらしい。ぼくは両親よりも背が高くなったが、晴男の身長だけは、いまだ抜かせないでいる。

そんな晴男が、追い討ちをかけるように、口を閉ざしたままのぼくに問いかけた。

「じゃあ、おまえの夢はなんぞ？」

――夢、か……。

またしてもぼくは、口に出すのをためらった。

晴男はこの質問をよくした。小さい頃、顔を合わせるたび、確かめるように何度も問われた記憶がある。まるで挨拶代わりのように。

以前なら、臆面もなく答えていた。

「プロのサッカー選手」と。

ふと、さっき対戦した選手のことを思い出した。

太陽は、プロのサッカー選手を目指しているのだろう。

彼なら躊躇《ちゅうちょ》なく自分の夢を答えられるはずだ。

股抜きをされ、ゴールを決められたシーンが浮かび、思わず目をつぶってしまった。

まぶしいほどに彼は輝いていた。

それに比べて今日の自分は……。

サッカーをはじめた頃、ぼくは周囲から期待された。チームメイトのだれよりも身長が高かったからだ。

しかし、思うように応《こた》えられなかった。

チームではなかなかポジションが定まらず、レギュラーがとれず、選抜練習会である トレセンには一度も声がかからなかった。そんな立場で、「プロのサッカー選手」が夢だと口にする資格は、今はないような気がした。

小学生といっても、来年の春には中学校に入学する。

「あきらめたか？」

晴男の言葉には、返事をしなかった。

「サッカー、続けるんだよな？」

「うん」

「もし、あきらめたのなら、なにも高い金払って、クラブチームになんぞ入ることもなかろう」

やけに穏やかな口調だった。

なぜだろう。少しさびしそうでもあった。

「晴じい、母さんになにか言われた？」

勘ぐったのは、中学校の部活の話が出たからだ。

「――なんも」

晴男は首を横に振る。

「ならいいけど」

「ただ、続けるなら、部活も選択肢のひとつではあろう。一度、見に行ってみるか?」

と晴男は言った。


断ることもできず、十月中旬の日曜日、入学する予定の市立中学校を晴男と一緒に訪れた。虹歩が通っている草笛《くさぶえ》中のグラウンドでは、サッカー部の試合がはじまろうとしている。

「やっとるやっとる」

晴男はわがもの顔でずんずん歩いていく。

足をわずかに引きずっているのは、若い頃のケガのせいらしい。足だけでなく、両手の指にも古傷を負っていた。大柄な姿はやはり目立つ。

ぼくは観戦者の集まっているピッチサイドを避け、晴男とは距離を置いて試合を見ることにした。

午後からは所属しているウェーブFCの練習がある。そのまま行けるかっこうで来ようかと思ったが、ジャージにはクラブのロゴが入っているのでやめた。だれかに気づかれたくなかった。〝謎のじいさん〟と一緒なのもマズい。

じつは草笛中に入学したら、サッカー部には入部するつもりでいた。ウェーブFCのジュニアユース――中学生部門にいる選手のなかには、ウェーブFCで選手登録し、サッカー部のほうは練習にだけ参加している先輩がいたからだ。

クラブチームの活動は、平日は毎日あるわけではない。部活は、テスト期間をのぞいてほぼ毎日あるらしい。朝練もある。サッカー部に入部すれば、サッカーの時間を増やせると目論《もくろ》んでいた。

主審の笛が鳴り、試合がはじまる。

前半、草笛中は積極的に攻めこんだ。

中盤の両サイドに足の速い選手がいる。荒削りなプレーも目立つが、想像していたよりも個々の選手の技術は高く、パスがつながっている。ゴールキーパーだけでなく、フィールドプレーヤーからも声が出ていた。

――けっこうやるな。

自分と同じポジション、フォワードの動きに注目した。

ウェーブFCのチームメイトのなかには、部活のサッカーを軽く見ている者もいる。「クラブに行けなかったやつの集まり」とか、「蹴るだけのサッカー」とか、「ろくにサッカーを知らない顧問に怒鳴られたくない」なんて声も耳にした。

でも、なかには早々に部活でサッカーを続けると宣言した者もいる。チーム内の競争に敗れ、レギュラーをとれなかったメンバーだ。

今、ウェーブFCでは、だれがクラブに残ってジュニアユースに上がるのかが話題になることが多い。夏頃から、主力メンバーだけに、コーチの声がけがあったようだ。ぼくのライバル、早くからレギュラーに定着したフォワードのひとりもそうだ。

だけど噂《うわさ》では、主力メンバーの何人かは、より強いクラブへの入団を望んでもいるらしい。そのせいか最近になって、クラブに残らないか、とぼくにも話があった。

そういうのって、どうなんだろう？　近いうちに、クラブ残留の意思をそれぞれに確認するという話だ。

「今日の試合は、新人戦の初戦だ」

いつのまにか近くにやってきた晴男が口を開いた。「プレーしとるのは、二年生が中心だな。夏の総体は、二回戦で敗退。まあ、正直強かない」

「へえ、よく知ってるね」

ぼくは晴男から一歩離れ、顔を向けずに答えた。

「たいていのことは、調べりゃわかる。おまえだって、インターネットくらい使えるだろ。県のサッカー協会のページを見てみい」

なるほどそういうわけか、とぼくは納得した。

「月人がもし、あきらめてないなら、中学時代に入るチームは慎重に選べよ。上の世界に行けるかは、中学年代にかかってる、そう明言するコーチもいる」

「あきらめてないなら」というのは、「プロのサッカー選手」という夢のことだと理解した。黙っていると、「じいちゃんもそう思う」と声がした。

「まだ、間に合うかな……」

口に出してみた。

「なにが？」

「いや、なんでもない……」

ぼくはグラウンドを見つめながら首を振った。

——夢はあきらめなければ、叶《かな》う。

そういう言葉をよく耳にする。

「最後まであきらめるな」

松岡《まつおか》コーチにも励まされた。

でも、ぼくは半信半疑でもある。

ウェーブFCの松岡コーチは、高校ではサッカーで全国大会に出場した。大学でも活躍し、関東選抜にも選ばれた経験があると自慢していた。でも、プロのサッカー選手にはなれなかった。

夢を叶えられなかった人に、あきらめなければ叶う、と言われても……。

それとも松岡コーチは、途中であきらめてしまったのだろうか。

実際に夢を叶えた人も言っている。

——夢はあきらめなければ、叶う。

でもそれって、夢を叶えたから言えるんじゃないの、とも思ってしまう。

要するに、結果論？

「いいか、月人」

晴男のしゃがれた声がした。

「なに？」

「今からじいちゃんがプロのサッカー選手になりたい。そう言いだしたら、どうだ？」

「そりゃあ、無茶でしょ」

口元がゆるんだ。

「だよなー、もう手遅れってもんだ。じゃあ、おまえはどうだ。まだ小学生ぞ。試してみればいいんじゃないか。あきらめなければ、夢は叶うのかどうか」

「え？」

心を読まれたようで、ぎょっとした。

思わず晴男を見ると目を細めている。

「夢を叶える人間には、二通りいる」

晴男はピッチに目を向けたまま続けた。「天才か、それとも、とてつもない努力家か」

「うん」

「どうだ、おまえは天才か？」

ぼくはすばやく首を横に振った。

「じゃあ、努力はどうだ？」

「自分なりには……」

「もっとできるんじゃねえか？」

「まあ、それは……」まちがいなくできるだろう。

「成功する人間には二つのタイプがある」

「そうなの？」

「ああ、早咲きと、遅咲きだ」

「へえー」

「じいちゃん、おまえは後者だと常々思っとる」

「それって、大器晩成って意味？」

「そのとおり。おまえは賢い」

「遅咲き、か」

「じつは、じいちゃんもそうだ」

「えっ、そうなの？」

「おうよ、まだまだこれからよ」

晴男の言葉に、ぼくはプッとふきだしてしまった。

「とにかく、チーム選びは大切ぞ。おまえが本気なら、じいちゃんも本気で応援する。でも、あきらめたなら、自分の好きにすればよか。なにも言わん」

晴男の静かな口調のなかに、不思議な熱を感じとることができた。

それと同じ種類の熱を自分も持っている気がした。

――あきらめたわけじゃないさ。

でも、その言葉は口にしなかった。

◐

「ただいまー」

「おかえり」

ウェーブFCの練習から帰ると、キッチンから母さんの声が返ってきた。

ぼくはリビングに置かれているノートパソコンを立ち上げ、県のサッカー協会のホームページを開いた。

U《アンダー》－15（十五歳以下の中学生年代）県リーグには1部から3部まであり、登録されているチームは、クラブチーム、サッカー部を合わせ、およそ二百チーム。1部に所属しているのは、そのなかで成績が上位の十二チームだけだ。

ぼくが所属しているウェーブFCのジュニアユースチームは2部。

草笛中サッカー部は3部に校名があった。

せっかく高い会費を払ってクラブチームに入るなら、なるべく強いところがいい。単純にぼくはそう考えた。

県リーグ1部の対戦表のなかに、名前からして強そうな評判のクラブ、ウィナーズFCを見つけた。さっそく「ウィナーズFC」で検索し、クラブのホームページを訪ねてみた。

すると、トップページには、数々の優勝トロフィーが掲載され、大会での輝かしい成績が紹介されている。

さすがだな、と思った。

そして「ニュース」の欄に、「体験練習会のご案内」とあった。

――これだ！

ぼくは思わず前のめりになった。

ウィナーズFCでは、セレクションは十二月中におこなう予定で、それに先んじて体験練習会を開くと書いてあった。

今日、草笛中サッカー部の試合を晴男と観戦したけれど、ピッチの外から見ているだけでは、わからないこともある気がした。個々の選手の技術は高く、パスがつながっているように見えたが、果たしてプレー・スピードはどうなのか、とか。練習に参加できれば、いろいろなことを実際に体感できるはずだ。

その話をキッチンに立っている母さんにしたところ、思わぬ言葉が返ってきた。

「てっきり中学ではサッカー部でやるものだと思ってた。強いクラブに入れたとしても、試合に出られる保証はないのよ。今のチームでもさんざん悔しい思いをしたじゃない」

口調は穏やかでも、痛いところを突いてくる。

「でも、練習会には参加したい」

「ねえ、今の月人は、ウェーブFCの選手なんだよ」

「だから？」

「勝手に別のクラブの練習に参加するのはまずいんじゃない。部活じゃなくて、どうしてもクラブチームがいいなら、ウェーブFCがいいと、母さん思うけどな。チームメイトも多くが残るだろうし、コーチだって知ってるでしょ。せっかく、最後にレギュラーとったんだし」

ぼくは黙って聞いていた。

なぜなら母さんは、サッカーに対するぼくの思いなど知らないからだ。ぼくの夢がプロのサッカー選手だと聞いたとしても、本気だなんて思っちゃいない。そこが晴男とはまったくちがう。母さんはサッカーの試合を見に来てくれてはいたが、ぼくの活躍を目にすることはあまりなかったはずだ。だからしかたないとも思っている。

「それともウェーブFCは、月人のなかでは、ないってこと？」

さぐるような声がした。

「――うん、ない」

ぼくははっきり口にした。

「どうして？」

「中学生になったら、サッカー部には入る。でも選手登録はしない。大会には、新しく入るクラブチームで出場するから」

「え、そうなの？」

母さんは眉毛をハの字にした。

ウェーブFCに残るつもりはなかった。

サッカー選手としての今の自分があるのは、ウェーブFCのおかげだと思っている。楽しいことだけでなく、辛《つら》いことも経験したが、自分なりにすでに消化していた。

低学年の頃はポジションも定まらず、多くの場合、サイドバックやセンターバックで試合に出た。といっても、途中出場が多かった。

高学年になって、松岡コーチがフォワードとしてチャンスを与えてくれた。そのことにはとても感謝している。

サッカーが急に楽しくなった。

けれど、あのことだけは忘れていなかった。

今年の春、全日本少年サッカー大会県予選でのことだ。

8人制の試合に、ぼくは初戦からスタメンのフォワードとして出場した。

一回戦はノーゴールに終わった。けれど二回戦は2ゴールを決め、チームの勝利に貢献した。

三回戦の前半、高く上がったボールをぼくがヘディングしようとしたとき、だれかが後ろからぶつかってきた。

笛が鳴り、ゲームが止まる。

振り返ると、足もとに対戦相手の選手が倒れている。

主審の右手は、相手ボールを示していた。

思わず「えっ？」と声を上げてしまった。

すると、主審が「36番」とぼくの背番号を呼んだ。ファウルをとられたのは、ぼくだったようだ。

しかたなく主審に歩み寄り前に立つと、ぼくのほうが背が高かった。

主審は注意を与えるでもなく、胸ポケットからイエローカードを差し出した。

わけがわからなかった。相手からぶつかってきて、倒れたにすぎない。

――なんで？

ぼくはそう思いながらも、倒れた選手に手を差しのべた。

立ち上がらせた選手は、あきらかに自分より小柄だ。

「ごめん」と言ったのは、相手のほうだった。

でも、ファウルをとられたのはぼくで、しかも「えっ？」と声を上げただけでイエローカードまでもらうはめになった。

――背が高いと損だ。

そのときつくづく思ったんだ。

自分はイエローカードをもらうような危険なプレーをしたわけではない。乱暴に振る舞ってもいない。暴言を吐いたわけでもない。

それなのに……。

サッカーでは、肩同士をぶつけ合うショルダーチャージは認められている。でも多くの場合、ぼくの肩は、相手の肩にはぶつからない。なぜなら、背が高いからだ。

そして相手の肩は、ちょうどぼくの脇腹あたりに入ってくる。でも、笛が鳴ったためしがない。

大きいからだ。

敵とぶつかると、ぼくがファウルをとられることになる。

学校でけんかをしたときもそうだった。手を出してきたのは相手のほうなのに、組み伏せたぼくが悪者扱いされた。説明しようとしたら、「あなたは大きいんだから」と先生に怒鳴られ、なにも言えなくなった。

大きい人はできてあたりまえ。

小さい人はよくがんばりました。

できなければ、デカいくせにと笑われる。

おまけに失敗すれば目立つ。

そのくせ、大きいやつはいいよな、とうらやましがられる。

好きで大きくなったわけじゃない。

目立つのも苦手だ。

イエローカードをもらったぼくは、少なからず動揺した。心証を損ねたであろう主審からはマークされ、相手とぶつかれば、ぼくのファウルとなる可能性が高い。

もう一枚カードをもらえば退場。チームは数的不利となり、ぼくは次の試合にも出場できなくなる。

プレーはどうしても遠慮がちになった。その後、敵と競《せ》り合いながらのシュートチャンスを二度ふいにしてしまった。強引さに欠けたプレーになったからだ。

前半が終わって、0対0。

ベンチにもどるなり、「月人は交代」と松岡コーチの冷ややかな声がした。

理由はイエローカードをもらったからだと思った。

けれど、松岡コーチは別の理由を口にした。

「おまえさ、フォワードやるには、やさしすぎんだよ。でかいくせに」

その言葉に、ぼくはうつむくしかなかった。

母さんも、ほかの選手の親から言われたらしい。「月人君は、ほんとにフォワードをやりたいのかしら」とか、「なんで月人君がフォワードやってるの」と。

母さんは笑ってごまかしているらしいが、余計なお世話だ。

後半、ぼくと交代した選手がゴールを決めて試合に勝った。

チームは四回戦も勝ち上がるが、ぼくに挽回《ばんかい》の機会は与えられなかった。

ぼくの代わりに起用されたのは、一学年下のすばしっこいフォワード。トレセンに選ばれている選手だ。

県予選五回戦。敵にリードされたまま後半に入った。

ぼくはベンチを立ち、自分からアップをはじめた。

――試合に出たい。

その気持ちを示したかった。

相手は、Jリーグの下部組織のクラブだった。そんな強豪チームと対戦した経験は、ぼくにはない。だからこそ、ピッチに立って自分になにができるか試したかった。試合を見ながら、自分ならこうしようと考え続けていた。

でも、ぼくの出番は、この日もなかった。

結局、0対5で完敗。

前日、松岡コーチは、親しい保護者との会話のなかで、「勝てるわけないじゃないですか」とへらへら笑いながら話していた。

全日本少年サッカー大会は、ぼくにとって、小学生年代、最後の全国大会。県予選であるものの、その舞台に立つことはもうない。

試合に出場したチームメイトのなかには、泣いている者もいた。

でも、五年生にポジションを奪われたぼくは、泣くことすらできなかった。

「――なしておまえ、今日も出られんかった？」

試合後、グラウンドに来ていた晴男が、めずらしく声をかけてきた。

ぼくは唇を結んだまま答えなかった。

「ん？　ケガでもしたんか？」

晴男は、ぼくの顔をのぞきこむようにした。

「コーチに言われた」

「なんて？」

「おまえは、フォワードやるには、やさしすぎるって」

ぼくはまた唇を強く結んだ。

「――ほう、そうかい」

晴男はうなずき、目を細めた。

「で、おまえはどう思った？」

「悔しかった」

「そうか、悔しかったか」

晴男は首を縦に何度も振った。

「いいか、月人、おまえは、たしかにやさしい子だ。じいちゃんもそう思う。でもな、それでいい。おまえはそのままでいい。やさしくても、ゴールが奪えるフォワードになってみせろ。おまえならなれるさ。それから、今日のことは絶対に忘れるな。いいな」

それだけ言うと、晴男は足を引き、観戦者の人混みのなかに消えていった。

後ろ姿は、老人とは思えないほど姿勢がよく、そして大きく見えた。

でも、どこかさびしそうでもあった。

たぶんそれは、ぼくのせいだ。ぼくが試合に出られなかったからだ。

そのときになって初めて、涙が頬を流れた。

たくさんの人が近くにいたが、しゃくり上げて泣いた。

チームメイトのノブに、「ねえ、帰ろうよ」と声をかけられても泣き続けた。

不思議そうな目をして大人たちが通り過ぎていく。

どの目も、こんなに大きい子がなにを泣いてるんだ、と言っている気がした。

それでも気にせず泣いた。

大きくたって悲しいときは泣くんだ。

ぼくはそのときに決めたのだ。
もっとうまくなる。
もっと強くなる。
そのためには、中学に入ったら、新しい環境でサッカーをはじめよう。
晴じいの言ったことを、実現するためにも。
そう、決めたのだ。

県1部リーグに所属しているウイナーズFCの練習会場へは、「送っていこうか」と母さんに言われたが、ひとりで行くことにした。晴男にも相談しなかった。小学校から帰宅し、背が高いせいで似合わないと人に笑われるランドセルを下ろすと、午後五時に家を出た。電車とバスを乗り継ぎ、畑に囲まれた「私立高校前」というバス停に着いたのは六時過ぎ。すでにあたりは暗かった。十月も終わりに近づき、太陽が沈むのが早くなってきた。

――太陽。

そういえば、彼はどうしているだろう。サーディンズのセレクションで対戦した、太陽という名前の選手のことが、頭をよぎった。

中学生になったら、太陽はどこでプレーするのだろうか。彼ならば、サーディンズのセレクションに合格するかもしれない。

余計なこととわかっていながら、想像してしまった。

親に頼らずここへひとりで来たのには理由があった。週末の練習や試合の際は、ウェーブFCのホームグラウンドまで、母さんに送ってもらっている。でも、中学生になれば平日の練習が増える。母さんに頼ってばかりもいられない。

練習が終わる時間にもよるが、午後八時以降のバスの本数は少なくなる。駅まで歩いたら、三十分はかかりそうだ。ここまでの道は途中から田畑が多く、外灯も少なく、暗い夜道を帰ることになる。

さっき、背中に「Winners」とチーム名が入ったジャージを着た少年が、自転車で走っていた。バスの窓からその後ろ姿を見て、駅からは自転車で通うという手もあるな、と気づいた。

でもそうなると、駅の駐輪場に自転車を置いておかなければならない。自分の自転車が二台必要になるし、駐輪場も無料ではないだろう。などと考えながら、校門を入った。

「うわっ、すげえー」

思わず声をもらした。

練習会場である私立高校のグラウンドは、ナイター照明で煌々《こうこう》と照らされている。しかもまだ新しい人工芝だ。

いつもウイナーズFCはここで平日練習をするらしい。あまり考えていなかったけれど、ふだん練習するグラウンドも、クラブ選びの上で見落とせない条件だ。その点、ここは申し分ない環境と言えそうだ。

やっぱり、強いクラブはちがう。

この日、午後七時からはじまった練習会に参加したのは、三十名を超える近隣に住む小学六年生。そのなかに、知った顔はいない。

練習前、ぼくより背が低く、髭《ひげ》を生やし、ずんぐりしているクラブの総監督から話があった。

頭ひとつほかの六年生より背の高いぼくは、いやでも目立ってしまう。

「大原《おおはら》君だっけ。きみ、背高いなぁ」

全体での話のあと、総監督に声をかけられた。

「ポジションはゴールキーパー？」

「自分はフォワードです」

ぼくははっきり答えた。

「へー、その身長なら、ゴールキーパーでもいけそうだね」

そう言うと、総監督は笑った。

——え？

と思ったけど、声には出さず、力なく笑い返した。

ウォーミングアップをして、初めて顔を合わせた子たちと一緒にボールを蹴った。

体験練習生の指導に当たってくれたコーチは若く、ひと目見てサッカー経験者とわかった。それもかなりハイレベルの。

練習会とは、てっきり中学生のクラブ員と一緒にやるものと思っていた。でも残念ながら、ウィナーズFCのジャージを着た選手たちは、隣のコートで練習していた。

練習会に参加したメンバーは、当然のごとくうまい子が多かった。どんな子が参加しているかもよく見ておく必要がある。でもプレーしてみて、自分より基本的なスキルが劣る子もいる気がした。ぼくにとって、高すぎるレベルというわけではないように思った。

コーチの声がけのせいか、独りよがりなプレーをする者は少なく、タイミングよくパスがまわってくる。ミニゲームでは自分が望むフォワードのポジションに入り、早くもゴールを決めた。

それからは不思議なくらい、ボールがぼくに集まってきた。とてもやりやすかった。

「今日が初めてだよね」

練習後、ピッチサイドで水を飲んでいたら、「アキ」と呼ばれていた子に話しかけられた。たいていの場合、ぼくは話しかけるより、話しかけられるほうが多い。

「うん、そうだけど」

「スパイク、デカいなー。なんセンチ?」

「27」

「うわっ、おれの父さんの靴よりでかいかも」

ぼくが黙っていたら、「変なこと言って、ごめんね」とアキが少しあわてた。

「いや、そうじゃなくて。実際、うちの父さんの靴よりサイズが大きいから」

ふっと、ぼくは笑った。

「そうだよね」

アキはうなずいた。

「ほかにどこか受けるの？」

唐突な質問だったが、セレクションの話題だと気づいた。

「まだ決めてない。Jリーグではサーディンズを受けたけど」

ぼくは正直に答えた。

「あ、マジで。おれも受けた。そろそろ一次の結果発表だよね。ま、おれは落ちたと思うけど」

アキのプレーを少し前に見た月人は、だろうな、と思ったが、顔には出さないようにした。

隣町の小学校に通っているというアキの話によれば、この体験練習会に参加すれば、いきなりセレクションを受けるより、選考が有利になるとのこと。

「おれなんて、今日で三回目」とアキは笑った。

ただ、練習会にはすでに五十人以上が参加しているらしい。だから練習会でのプレーも合否に関わってくるかもと、アキは心配顔になった。

「ここって、新一年生を何人とるの？」

「定員は四十名」

「そんなに多いの？」

思わず尋ね返した。

「ウイナーズは、ジュニアから上がってくる選手を含め、四十人をセレクションでとるんだ。というのも、一学年に二チームある。ウイナーズ・ブルーとウイナーズ・ホワイト」

「へー、そうなんだ」

「けど、ブルーに入れないなら、別のクラブにしたほうがいいかも」

アキの言葉に、「かもな」と相づちを打った。

おそらくブルーが代表チームで、ホワイトがサブ・チームという意味合いだろう。大きなクラブではよくある構成みたいだ。でも、ブルーに入ったとしても、試合に出られなければ意味がない。

「じゃあ、おれは自転車だから、またね」

もう少し話したかったけど、アキは白いエナメルのサッカーバッグを肩にかけた。

気がつけば雨がパラパラと降りだし、午後九時をまわっている。照明が届かない場所は、すでに真っ暗な世界になっていた。

ぼくも着替えをすませ、グラウンドをあとにした。学校の駐車場の前を通るとき、出口近くに軽トラックが停《と》まっているのに気づいた。

運転席の様子をうかがってからコンコンと窓ガラスを叩くと、窓が下りる。

「なにやってんの、こんなとこで？」

「なにやってるって」

晴男は言葉を詰まらせた。「あれだ……、芳恵《よしえ》に頼まれてな」

「母さんに？」

「軽トラだけど、乗ってくか？」

泥の跳ね上がった車体を見て少し迷ったが、疲れてもいた。バスが来る時間まで十分以上ある。

そのとき、グラウンドのほうから、練習を終えた中学生たちの声が近づいてきた。

あわてて助手席にまわりドアを開け、シートに隠れるようにからだを伏せた。

「なんちゅうかっこしとる」

「いいから、早く出して」

晴男は「ふん」と鼻を鳴らし、エンジンをかけた。

軽トラックが校外に出て、二つ目の信号で停まった。

晴男は黙ってハンドルを握っている。

「大人はさ、どうして見た目で決めたがるのかね」

そこでぼくはからだを起こした。

「なんかあったんか？」

「総監督がぼくを見て、デカいって。ゴールキーパーでもいけそうだなって」

その言葉が引っかかっていた。

「それで？」

「自分はフォワードですって言ったよ」

「だったら、いいじゃねえか」

「まあね……」

「おまえだって、軽トラックに乗るのを恥ずかしがってる。見た目で判断するのは、なにも大人だけじゃねえ」

晴男の言葉に、なにも言えなかった。

「芳恵に聞いたけど、中学ではサッカー部には入るが、クラブチームで試合に出たいんだってな」

晴男は話題を変えた。

「うん、そのためのクラブ選びをはじめたってわけ」

「本気でサッカーやんのか？」

「──やりたい」

「ポジションは、ゴールキーパー以外ならどこでもいいのか？」

「それは……」

ぼくは口ごもった。

「今日、月人が練習に参加したウイナーズFCには、うまい選手が集まるだろう。強豪だかんな。そのなかで、ほかのポジションをやるように求められたらどうする。ゴールキーパーじゃなくても、たとえば、センターバックとか」

そういう話はあり得るだろう。

「レギュラーとれるなら、それでいいんか？」

「いや」

前を向いたまま答えた。「フォワードで勝負したい」

「なんでだ？」

少し前までは、それほどこだわっていなかった。

でも、輝いているあいつを見て、強く感じた。

――自分も輝きたい。

やっぱり、フォワードだよなって。

太陽との一対一の対決に負け、「デカいだけかよ」とバカにされた。

けれど、納得していなかった。

なぜなら、ぼくは、きみと同じフォワードだから。

――勝負はついてない。

答えないでいると、「じいちゃんも賛成だ」と晴男の声がした。

「ほんと？」

「おまえはフォワード向きだ。だがな、月人。自分が何者であるかは、自分で示すしかない。あるいは、言葉ではっきり相手に伝えるとかな。小学生だからとか、中学生だからとかは、通用しねえぞ」

「そうだね」

「それはそうと、今日の練習、その監督さんはよく見てくれたか？」

「それが、そんなに見てなかったと思う。ぼくたちの練習は、若いコーチが担当してたから」

「そいつはおかしいな。育成年代の監督ならば、選手をよく観察するもんだがな。自分のクラブに入る子は、前にも言ったと思うが、〝ダイヤの原石〟かもしれんからな」

晴男の言っていることは、あのときも感じた。サーディンズのセレクションのときだ。

審査員であるはずのコーチたちはグラウンドコートを着こんでベンチに座りこんでいた。あんなに遠くからで見えるのかな、と心配になった。なぜなら、自分は見てもらうために来ていたからだ。

審査員のコーチたちは、太陽がゴールを決めたときだけ、ベンチから立ち上がったけれど。

「まあでも、選手の側もクラブの人間をよく見ておく必要があるぞ」

晴男が言った。

「たしかにね」

「で、調子はどうだった？」

「うん。わるくなかったけど、もっとできるはず」

「そういえば月人は、今のチームで試合中に『遅い』って、よく言われてたよな。チームメイトから」

「ああ、うるさいくらいにね」

「そんとき、どう思った？」

晴男はその場面を思い出したように口元をゆるめた。

どうして今そんなことを聞くのかと、うとましく思ったけど、「自分でもそう感じることはあった」と正直に答えた。

「そうか。じつはじいちゃんにも、そう見えることがあった。でも不思議だと思わんか。おまえは小学校の運動会ではいつもリレーの選手だ。それは足が速いからじゃねえのか？」

「まあ、クラスでは二番だったけどね」

そうなんだ。それなのに、チームでは「遅い」と言われる。

50メートル走で競走したら、絶対に負けないチームメイトからも「遅い」と言われた。なんでおまえなんかに言われなければならないんだ、と思うこともあった。

それに長距離の持久走なら学校で一番だ。チームでも負けたことはない。

「じいちゃんが思うに、おまえは背が高く、手足も長い。だから、そう見えるのかもしれんな」

「そう見えるって、遅く見えるってこと？」

ぼくは笑いながら口をとがらせた。だとしたら、ずいぶん損じゃないか。

「そう。ぎこちなく見える。それと、もしかしたら……」

晴男は言葉を切ってから、「まあ、『遅い』ってことが、どういう意味なのか自分なりに理解したほうがいいかもしれんぞ」と言い直した。

ぼくが黙っていると、「逆に、速いって意味を考えるといい」と晴男が言った。

今は疲れていて考えたくなかった。

今日の練習会は、かなりプレー時間が長かった。時計を見ると、午後九時半になろうとしている。腹も空《す》いている。いつもなら寝る時間だ。フロントガラスについた雨粒をワイパーが緩慢な動きで拭き取っている。

「ほかのクラブも見てみんのか？」

「そのつもり」

「そういえばな、こないだインターネットで、おもしろそうなもんを見つけたぞ」

「晴じいもパソコン好きだね」

「あはっ」

晴男は苦笑し、「ばあさんの加世《かよ》があの世へ逝《い》ってから、そういう時間が長くなったかもしれんな」と認めた。

「ふうん」

「でも、パソコンに限ったことじゃない。おまえの試合もたくさん見させてもらってる」

「そうだね……」

「そうそう、それでな、おもしろいってのは……」

急にまぶたが重くなり、晴男の言葉が遠のいていった。

――ぼくは夢を見た。

それはサッカーの夢だ。

素晴らしい緑の芝生のピッチで試合をしている。

ぼくのポジションはフォワード。

でもなぜか、同じピッチの上にあいつがいた。

パソコンの前に座って、先日セレクションを受けたJ2所属のサーディンズのホームページを開いた。

ニュースの欄に「サーディンズU-15(現小六対象)第一次セレクション　合格発表」とあり、その下に、合格者の受験番号が並んでいる。

記憶していた自分の受験番号をさがす。

——ない。

すぐにパソコンを消した。

手応えがあったわけじゃない。でも一次なんだし、もしやと思っていた。そんな自分が甘かった。

晴じいの言葉を思い出した。

——いいか、月人。やるからには、もとはとれよ。

とってなんかいない。

自分は、とろうともしなかった。
セレクションを受けた意味なんて、なかったかもしれない。
最初からわかっていたんじゃないのか？
自分が最終選考まで残って合格できないことは。
今のぼくは一次選考にすら通らない、へたくそなのだ。
だったらなぜ、高いお金を払ってまで、セレクションを受けたんだ？
自分に問いかけてみる。
クラブのほかの子が受けるから？
サッカーを続けてきた小学生の最後の記念のため？
母さんが買う、宝くじ感覚？
いや、そうじゃない。
そうじゃないはずだ。
ふと、あのシーンが頭に浮かんだ。
彼との一対一。
――やられる。
と思った瞬間、突破したあいつが、ドリブルでゴールへ向かう……。

そして憎らしいくらいの落ち着きで、ループシュートを決めた。

きっと、一次通過したんだろうな。

あれから彼のことを、チームメイトに聞いてみた。仲のよいノブがわざわざ調べて、後日教えてくれた。

「すごいフォワードらしいよ」とノブは言っていた。

名前は「小桧山《こひやま》太陽」

同じ市内にある強豪サッカークラブ、ライズFCに所属している。

背番号は9番。

ドリブルが得意なフォワード。

ぼくと同じ右利き。

クラブ名と名前をもじって、小桧山太陽は、昇る朝日、「ライジング・サン」と呼ばれているらしい。

星座は双子座(そんなことはどうでもよかったけど)。

「月人、また背が高くなったんじゃない？」

夕飯の配膳を手伝っているとき、姉の虹歩が目をまるくしてみせた。

「そうかな」

「ねえ、冷蔵庫の前に立ってみて」

言われたとおりにすると、「うわ、のびてるー。ていうか、ぜったい高くなってる」と騒がれた。

「このままいったら冷蔵庫越しちゃうよ」と笑う。

大型冷蔵庫の高さは180センチある。いくらなんでも大げさだ。

「そりゃあのびるわよ、成長期だもん」

母さんが相づちを打った。

夕飯のおかずは、ぼくの大好物の鶏《とり》ももの から揚げ。刻んだレタスを敷き詰めた大皿に、揚げたてカリカリの鶏ももの一枚肉を載せ、特製ネギポン酢ソースをたっぷりかけてある。ナイフとフォークを使って切れば肉汁があふれだし、ご飯が何杯でも食べられる。

「うまっ！」

ぼくは思わず口にする。

いつものように三人で囲んだテーブルで、虹歩が自分の名前について愚痴をこぼしはじめた。

「気に入っているけど、ちょっとね」

「なんで？」とぼく。

「だって、名前の『虹』っていう字に、『虫』が入ってるんだもん」

「え？」

ぼくは思わず笑ってしまった。スープに虫が入っている、とでも言っているように聞こえたからだ。

「あら、『虹』は縁起がいいのよ」

母さんが言い返す。

「あなたを産む日に、産婦人科に向かう途中でそれはそれはきれいな虹を見たの。ああ、わたしが母親になるのは今日なんだって、感激したの」

「その話は前にも聞いた」

虹歩が応える。

「じゃあ、ぼくの名前は？」

早くもご飯のおかわりに席を立つ。炊飯器の蓋を開けると炊きたてのご飯から白い湯気が上がる。

「やっぱり、あれでしょ」

虹歩がにやついて口をはさむ。「月人を産む日に、月がきれいだったんでしょ？」

「え？　そうなの？」

「どうなのかしらねー」

母さんが首をかしげた。

「え、どういうこと？」

「――というかね」

母さんは無理に笑顔をつくるようにした。

「月人が生まれる少し前に、あなたたちのおばあちゃん、つまりわたしのお母さんの加世さんが亡くなったの。とても悲しくてね。でも悲しいのは、自分だけじゃなかった。お父さんにとっては、人生の伴侶、最愛の人を失ったわけだからね」

「お父さんって、晴じいのことだよね」

「そうよ。それでね、晴じいにお願いしてみたの。生まれる赤ちゃんの名前を考えてくれませんかって」

「え、じゃあ、ぼくの名前って、晴じいがつけたってわけ？」

「まあ、そうね。もちろん、決めたのは父さんであり、母さんだけど」

母さんはうなずいた。

「それで？」

「晴じいは最初に、『名前に〝月〟を入れたらどうだ』って提案してくれたの。だから母さんも、父さんと一緒にいろいろ考えてみた。『結月《ゆづき》』とか、『葉月《はづき》』とか、『香月《かづき》』とかね。で、『海』に『月』で『みづき』はどうかしらって晴じいに相談したら、言われちゃった」

「なんて？」

「『海』に『月』だと、『くらげ』とも読めるぞって」

「へー、そうなんだ。じゃあ、大原月人は、『オオハラ　クラゲ』になるところだったんだ」

虹歩が声を出して笑った。

ぼくがにらむと、ようやく笑うのをこらえた。

「だからそれはナシになったの」

「で？」

「『月』を後ろにもってくると、どうしても女の子の名前みたいかなとも思って、『月彦《つきひこ》』とかも考えたんだけど……。そしたら晴じいが、これでどうだって、半紙に墨で『月人』って書いて持ってきたわけ」

「へえー、そんなことがあったんだ」

ぼくは初めて知った。

「でも、なんで晴じいは、月人にしたのかな？」

「姉のわたしの名前に空にかかる『虹』がつくから、弟も空に見える『月』にしたんじゃない？」

「最初はわからなかった」

母さんがうなずいた。

「でも、たぶん……」

「たぶん、なに？」

「あなたの誕生日はいつ？」

「九月二十三日」

「秋分の日よね。わたしは見てないけど、その日、晴じいが見たお月さんが、すごくきれいだったんじゃないかしら」

「だったら、母さんが虹を見て、姉ちゃんの名前をつけたのと変わらないじゃん」

今度はぼくも笑ってしまった。

「そうね。だって親子だもん」

母さんも楽しそうに笑った。

「でもさ、おじいちゃんのしゃべり方って、なんか不思議だよね」

虹歩が食べきれないのか、鶏肉のから揚げの三分の一をぼくの皿に寄こした。

「なまりのこと?」

「そう。なんとかぞ、とか、なんとかじゃ、とかよく言うでしょ。たまに関西弁になるし」

「おじいちゃん、いろんな土地で暮らしてきたからね」と母さんは答えた。

「そうそう、それに晴じい、変わったものが好きだよね。ほら、のっぺりした、カマボコみたいなおもち」

「『すあま』なら、昔からある和菓子よ」

「へー、あれって『すあま』って言うんだ。たしかに、見かけも味もそんな感じ」

「そういえばさ」

ぼくが口をはさんだ。

「晴じいは、昔サッカーやってたんでしょ？」

「そうらしいわね」

「ポジション、どこだったのかな？」

「そこまでは知らない」

「そういえば、おじいちゃん、足を引きずってるよね？」

虹歩が上目遣《うわめづか》いになった。

「学生時代にケガしたって言ってたけど」

「サッカーかな？」

「どうかなあ」

母さんは首をかしげた。

「手の指のケガはね、サッカーでやったって言ってたわよ」

「へえー、そうなんだ」

ぼくは、晴男の両手の指の第一関節の多くが曲がったままになっているのを思い浮かべた。あまり見てはいけないと思ったし、そのことを晴男に尋ねてはいない。

「晴じいはさ、月人がかわいくてしょうがないんだろうね」

虹歩がなにげない感じで口にしたので、「なんかさ、やたら詳しいんだよね、サッカーのこと」とぼくは言ってみた。

「昔、教えてたからじゃない」

「え、だれに？」

「近所の子供たちよ」

「え、それってサッカーのコーチだったってこと？」

思わず大きな声になった。

「母さんの母さんが生きてたときに、聞いたことがあるわ。休みの日にいつもいなかったって」

「なんで言ってくれなかったの」

ぼくは責めるような口調になった。

「なんでって、そんなに大切なこと？」

虹歩が笑いながら、またから揚げをくれた。

ため息をつき、ぼくは首を横に振った。少なくとも晴男が不思議なしゃべり方をするとか、「すあま」が好きとかより、ずっと大切なことのように思えた。

――そういえば。

ふと思った。

彼の名前は、なぜ「太陽」というのだろう。

ウイナーズFCの練習会に再び参加した。

この日、グラウンドに髭を生やした総監督の姿はなかった。仲のよくなったアキの話では、練習は若いコーチが見て、総監督は週末の試合のときに来るそうだ。

「そうなの？」

「――らしいんだ」

アキの顔が不満げになる。

「なんだかそれって……」

疑問に思ったが、それ以上はつっこまなかった。

それから、家からどうやって通うのか、という話になった。

「もし入るとすれば、最初は電車とバスを使おうかと思ってたけど、バスは本数が少ないから、駅に自転車を置いて、駅から自転車で通うつもりだけど」

ぼくは自分のプランを口にした。

「雨の日は？」

「雨合羽《あまがっぱ》を着て自転車に乗る」

「おれも自転車で通うつもりだったけど、親に反対された」

「なんで？」

「危ないって。だから今日から親の車で送り迎えしてもらうことになった」

「そうか、うちはむずかしいだろうな」

するとアキが理由を話してくれた。

去年、あるクラブチームに所属する子が自転車で練習に向かう途中、交通事故に遭ったらしい。

「その人、まだ入院してるんだって」

「そうなの？」

だとすればかなりの重傷だろう。

「交通事故は轢《ひ》き逃げで、犯人はまだ捕まってないってネットに出てた。駅からここまでの道って、やたら暗いだろ」

「——たしかに」

ごくりとつばをのみこんだ。


午後九時過ぎ、練習が終わった。

来たときと同じように電車とバスで帰るつもりだったけど、こないだと同じ場所に停まっている晴男の軽トラックを見つけ、正直ほっとした。アキの話を聞いていなければ、晴男が来ていたとしてもバスに乗って帰ったかもしれない。

運転席の窓をかるくノックする。

キャップを目深にかぶり、うたた寝していた晴男が目を覚ました。

練習を終えた中学生たちが横を通り過ぎていった。

助手席に乗りこむと、「なんだ、今日は隠れんのか?」と言われてしまった。

「迎えに来てくれてありがとうございます」

かしこまって頭を下げたら、軽トラックはゆっくり動き出した。

しばらくの沈黙のあと、晴男が口を開いた。

「ところで月人は、もっと背をのばしたくないか？」

「まあ、そりゃあね」

「背を高くするには、どうすればいいか知ってっか？」

「早く寝る」

「ああ、それもひとつだ。睡眠時間は大切だ。成長ホルモンは眠ってるあいだに、どばどば分泌されるらしいぞ。昔から、『早起きは三文の徳』って言ったもんだ。そのためには早く寝ないとな。おまえの身長が高くなったのは、よく眠ったおかげぞ」

たしかにそうかもしれない。

「ほかにはどうだ？」

晴男がうながした。

「ええと、牛乳を飲む」

「まあ、それもよく聞く話だな。でもカルシウムばかりでもだめらしい。マグネシウムも大事だっちゅう話じゃ」

「マグネシウムって、どんな食べ物に入ってるの？」

「マグネシウムは、ほうれん草や大豆、木綿《もめん》豆腐や油揚げ、それから落花生やアーモンドとか木の実だな」

「へえ、晴じい、くわしいじゃん」

「まあな」

「そういえばさ、晴じいって、サッカーやってたんでしょ？」

「──若い頃にな」

「ポジションどこだったの？」

「ん？」

「フォワード？　ミッドフィルダー？　それともディフェンダー？」

「いや」

「もしかして補欠だったの？」

「ちがう」

「え？」

「いちばん後ろから、チームを見守ることのできるポジションだ」

「え？　てことは……ゴールキーパー」

「まあ、遠い昔の話だ」

「でも、だったらなんでぼくにキーパーになれって言わないの？」

晴男は答えなかった。

「もしかして、ケガをしたから？」

「忘れたさ」

晴男は静かに答えた。

「そんなことよりな――」

それから晴男は、「マカデミー」の話をはじめた。それは背が高くなる木の実の一種かなにかなのかと思ったが、どうもそうではないらしい。

晴男の話では、マカデミーの二次募集があり、その期限が迫っているらしい。第二回の募集は若干名のため狭き門だけれど、書類選考にさえ通れば、実技の選考試験は二泊三日の合宿形式でおこなわれるのだとか。

「マカデミーのことは、前にも練習の帰りに話したろ。ちゃんと聞いてなかったのか？」

「晴じい、それってもしかして、アカデミーじゃない？」

「――あん？」

晴男はのびた眉を寄せ、「まあ、そうとも言うな」とごまかした。

「まあとにかく、おまえがチャレンジする気があんなら、早く準備せい。出願の手数料の千円は、出世払いでかんべんしたる。今回はじいちゃんが立て替えとく」

「どこのクラブなの？　Jリーグのアカデミーだよね？」

「じゃけぇ、クラブじゃなかとよ」

晴男はハンドルをポンと叩いた。「JFA。日本、フットボール、ええと……」

「日本フットボールアソシエーション？」

「そう、それぞ」

「じゃあ、JFAアカデミー福島のこと？」

「なんや、知っとるやないか」

晴男は急に関西弁になった。

詳しくは知らないが、名前は耳にした覚えがある。福島にはJヴィレッジという、天然芝の素晴らしいピッチが何面もあるスポーツ施設があるらしい。そこは日本初のサッカーのナショナルトレーニングセンターで、憧れの日本代表が合宿をするのだ、と。

「でもな、残念ながらJヴィレッジは原発事故の影響で使えんようになった。だから今は、静岡に場所を移して活動しとる。いつか必ず福島にもどる。そいで、名前はJFAアカデミー福島のままって話ぞ」

「そうなんだ」

小さくうなずいた。

「でも、いくらなんでもここからは通えないよね？」

「JFAマカデミーっちゅうのはな、サッカーのエリートを育てるために設立されたんよ。中学・高校の六年間、寮で共同生活しながら、地元の学校に通って、放課後からマカデミーの施設でサッカーやら、英会話やら、いろんな勉強をするらしい。最高の環境で、プロのコーチの質の高い指導を受けてサッカーができる、ちゅう話ぞ」

「六年間も家に帰れないの？」

「そんなわけなかろう。休みには帰れるさ」

でも実質六年、親元を離れるわけだ。

それは小学校と同じ期間でもある。

正直、ものすごく長い。

けれどそこで六年を過ごせば、プロのサッカー選手になれるのだろうか。

六年後の自分を想像してみようとしたが、うまくイメージできなかった。

「でも、なんだかおもしろそうだね」

ぼくはつぶやいていた。

「それなんよ、月人。まずはおもしろがること、興味を持つことが何事も大切ぞ」

晴男の言葉が心地よく耳に響いた。

家に着いたのは、午後十時。

それから急いで食事をして風呂に入り、寝るのは十一時になった。バスと電車を使っていたら、おそらく十一時をまわっていただろう。ふだんならとっくに寝ている時間だ。駅から自転車を使えばもっとかかるはずだ。

帰りの車のなかで背を高くするために何が必要か晴男に問われ、ぼくが一番に答えた睡眠時間はまちがいなくじゅうぶんではなくなるだろう。

ウイナーズFCの平日練習は、週に三日。入団するとすれば、サッカーのために多くのものを犠牲にしなくてはならない。さらに交通事故に遭うなどのリスクもある。

——ほかに選択肢はないのだろうか。

ぼくは悩みながら眠りに落ちた。

晴男から受けとったJFAアカデミーの募集要項は、自分で読んだあと、母さんに渡した。

締め切りは、三日後に迫っている。

「なんだかたくさんあるのね、提出しなくちゃならないものが」

表情は曇り、声はめんどうくさそうだ。

たしかにそのとおりだ。提出書類は、願書、個人調査書、健康調査書、ポジション確認書、顔写真二枚などいろいろある。

様式の決まった願書には、サッカー以外の自己アピール、志望理由を書く欄がある。個人調査書には、所属チーム名、身長、体重だけでなく、足のサイズまで書かなくてはならない。

さらに、利き足、得意なポジション、サッカー歴、得意なプレー、サッカー以外のスポーツ歴、スポーツ面での自己アピール、50m走タイム、20mシャトルラン回数、そして将来の夢を書くことになっている。

ポジション確認書というのもある。選考試験でゲームをおこなう際、プレーしたいポジションの第一希望と第二希望を図のなかで選ぶよう求められている。

不合格となったサーディンズのセレクションの申し込みには、こんな細かな質問はなかった。選考試験の試合では、ポジションを聞かれることもなく、チーム内のジャンケンで負けて、やりたくもないディフェンダーになってしまった。それに受験番号で決められたチームのひとりが欠席したのに、ひとり少ないメンバーでゲームをやらされた。正直、かなり大ざっぱだった。

JFAアカデミーのテストは、本気なんだな、と感じた。

つまり、晴男が言っていたように、それこそ〝ダイヤの原石〟を真剣に探しているのだ。

書類による一次選考に受かりさえすれば、自分という選手を、しっかり見てもらえる絶好のチャンスになるはずだ。それはまちがいなさそうだ。

中学、高校年代の自分の六年間を、サッカーに捧《ささ》げることができる者、本気でプロになりたい者だけが受けるテストなのだ。そこには素晴らしい選手たちが集うはずだ。

だからこそ、受けてみたいと思った。

それでだめなら、あきらめもつく。

ぼくは何度も書き直しながら、提出書類の空欄を埋めていった。どうすれば自分を知ってもらえるか、アピールすることができるかしっかり考えた。

残念ながらサッカー歴には、誇れるような経歴は書けない。「※選抜、トレセン参加歴があれば記入してください」と欄外に注意書きがあるが、そのテストさえ受けさせてもらったことはない。ないものはないのだからしかたない。嘘《うそ》は書けない。

得意なポジションは、「フォワード」

得意なプレーは、「ポストプレー」「ターン」

それから「動き直し」と書いた。

動き直し、という言葉は、晴男から教わった。

多くの場合、ボールの受け手であるフォワードは、ゴール前でパスをもらうために動くわけだが、パスの出し手か受け手のどちらか、あるいは両方のタイミングが合わず、パスをもらえないことがしばしば起きる。そういうとき、フォワードは何度も動き直してチャンスをつくらなければならない。

「今日の試合、ゴールは決められんかったが、月人は動き直しができていた。だからシュートチャンスが三回あった。そこはよかった」

以前、晴男にそう言われた。

すごくうれしかった。

晴男はサッカーを知っている、と感じた。今ならわかる。それは晴男が、かつてゴールキーパーとしてプレーしていたからだ。晴男はゴールキーパー目線で、フォワードであるぼくのプレーを観察し、アドバイスをくれていた気がした。

「動き直しができるフォワードってのは、こわいもんさ」

サッカー以外のスポーツ歴には、少し迷ってから「相撲《すもう》」と書いた。

小学校に入る前、近所の神社で開かれたちびっこ相撲大会があり、晴男に連れていかれて参加した。すでにボールを蹴っていたぼくは、なんで自分が相撲？　と思ったけれど、対戦相手はみんなぼくより小さく、終わってみれば準優勝。トロフィーのほかに、副賞として新鮮なキュウリをダンボール箱いっぱいにもらって帰ると、出場に半ば反対していた母さんは喜び、次も参加しなさいと言っていた。

晴男に連れられ、しかたなく次の大会にも出場した。また準優勝だった。

表彰式のあと、背広を着たおじいさんに声をかけられ、生まれて初めて名刺というものをもらった。

晴男の話では、おじいさんは市の相撲協会の理事長さんで、ぼくのことを「この子は将来必ず大きくなる」と断言したそうだ。そして、小学生を対象とした相撲クラブがあるから、ぜひ入ってほしいと誘われた。

ほかの子と比べれば、たしかにぼくは大きかった。でも、その話を聞いた母さんは半信半疑だったらしい。

小学生になり、ウェーブFCに入ってサッカーをはじめたけど、晴男の勧めもあり、その後、しばらく相撲を続けた。相撲クラブの全国大会では、東京の国技館の土俵に立ち、勝った。

でも、地元の個人大会ではいつも準優勝。どうしても勝てない相手がひとりだけいた。ぼくより小さいのに、とても強かった。親子で本気で相撲をやっている子だ。

今度こそは勝つと誓って臨んだ大会。決勝の相手はまたしてもその子だった。立ち合いで頭突きをかまされ、あえなく敗退。卑怯《ひきょう》なやつだと思ったが、相撲での頭突きは「ぶちかまし」と呼ばれる攻撃で、反則にはならないのだとあとになって聞いた。サッカーをやっていたぼくは、相撲のルールをよく理解していなかったようだ。

　それ以来、相撲が嫌いになり、やめてしまった。

　ぼくが嫌だと言うと、晴男は無理強いはしなかった。

　あとから晴男に聞いた話では、元日本代表のあるサッカー選手が、幼い頃に相撲をやっていたそうだ。その選手のポジションはフォワード。今思えば、晴男はサッカーのために、ぼくに相撲を勧めたのかもしれない。

　いや、きっとそうだ。

　願書の志望理由には、こう書いた。

「自分は今、すごくうまい選手ではありませんが、めぐまれた体をいかして、新しいかん境でプロサッカー選手を目指したいと考えています」

　願書などの書類は、提出締め切りの一日前に、自分で郵便ポストに入れた。

　募集要項の最後に、「書類選考の上、合否の結果を十一月末日までに送付します。なお、合格者には選考試験受験通知書を併せて送付します」と書いてあった。

「じゃあね、太陽」

「おう、じゃあな」

おれはいつものように走り出した。


十一月も終わりに近づいたその日、学校から帰ると、団地の集合ポストに差しこまれた茶封筒を見つけた。A4より少し幅がある茶封筒は、端を折られ、半ば強引にポストに突っこまれていた。

「――なんだよ、これ」

おれは両手で引き抜いた。

ポストから取り出した封筒には、三本足の鳥がボールをつかんでいるイラストが印刷されていた。それが八咫烏《やたがらす》であり、日本サッカー協会のシンボルマークであることを、おれは知っていた。

宛名は、小桧山太陽 様。

『JFAアカデミー福島』第二回募集選考結果 在中」とあった。

団地の階段に腰かけ、封筒の上を手でむしるようにして開け、手前に入っている紙を引っぱり出した。

右上にスクールマスター、浦浩一郎《うらこういちろう》の名前があった。

拝啓

時下ますますご清祥の段、お慶《よろこ》び申し上げます。

このたびは、「JFAアカデミー福島」選考試験にご応募いただき、誠にありがとうございました。

さて書類選考の結果ですが、貴殿は見事に合格されました。おめでとうございます。

つきましては、同封いたしました最終試験に関する書類をご確認の上、コンディションを整え、試験に向けてよい準備をしてください。

敬具

そこまで読んで、おれは「へっ」と鼻で笑った。

「あたりまえじゃん」

おれはつぶやいた。「やれやれ、また受かっちまった」

選考試験の願書は、お母《かあ》には黙って送った。これまで受けたJリーグクラブのアカデミーのセレクションも、そうだった。

セレクションの受験料は、毎月もらうこづかいを貯《た》めてやりくりしてきた。おれがどこのクラブのセレクションを受けたかも、その結果についても、お母は詳しくは知らないはずだ。

昼は回転寿司《かいてんずし》チェーンで、夜は居酒屋で働き、おれと兄貴を育ててくれているお母に、余計な負担や心配はかけたくなかった。

けど、今回はそう言ってもいられない。

封筒のなかの書類によれば、最終選考試験までに医療機関で検査を受け、健康診断書まで提出しなければならない。しかも選考試験は二泊三日、場所は静岡県御殿《ごてん》場《ば》市。受験料は一万七千円もかかりやがる。おまけに、選考試験期間に、保護者面接まであるのだ。

「まいったなあー」

おれはため息をついた。

夕飯の際、その話を持ち出した。

兄の大地《だいち》はいつものことだが、家にいなかった。

お母は目をつり上げ、送られてきた書類にすばやく目を通した。パートの出勤の時間が迫っていたからだ。

「――本気なの？」

読んだお母が、おれを見つめた。

「本気って？」

「これって、プロのサッカー選手を本気で目指すってことだよ」

「マジだけど」

おれの口が少しとがった。

「全国からすごい小学六年生が集まるんだよ」

「楽しそうじゃん」

「あんた、自信あるの？」

「なかったら最初から受けねえよ」

思わず、へっと鼻で笑った。

「――それに」

とお母は続けた。「受かったら、この家を出て寮で暮らすんだよ。六年間も」

その言葉には、すぐに反応できなかった。

「そうしたいわけ？」

お母の声が急に湿る。「へえー、そうしたいんだ……」

おれは、この家を出たいわけじゃなかった。

でも、そうなれば、なにかがはじまり、なにかが変わるような気がしていた。

自分にとっても、お母にとっても。

そして、大地にとっても。

おれがサッカーをはじめたのは、兄の大地の影響が大きかった。二つ年上の大地は、おれにとって憧れのフォワード。兄弟そろって背は低かったけれど、大地はチームの得点王だった。中学校に上がる際、大地はクラブチームに入りたかったのかもしれない。でも、家庭の事情がそれを許さず、サッカー部に入部した大地は一年で退部してしまった。なにがあったのかは詳しくは知らないが、サッカー部の顧問のやり方が気に入らなかったみたいだ。

サッカーをやめてしまった大地は、なにかとおれと比べられ内心ムカついているはずだ。今じゃ素行《そこう》がわるく、成績もがた落ち。おれにはサッカーがあるけれど、今の大地にはなんの楽しみもないように見える。お母にしても同じだ。

この家からおれという負担が減れば、お母はその分楽になれる。それこそお母にしたって、自分の人生を、もう一度好きなように生きられるんじゃないか。不満ばかり言ってる大地にしても、部屋をひとりで使えるようになる。

「小林《こばやし》君のママに聞いたけど、あんた、サーディンズのテスト受けたんだってね」

「受けたよ」と答えた。

「なんで言わないの？」

「というか、今受けてる最中。おれもコバも一次セレクション通ってるから」

「そっちはどうするの？」

「受けるよ。けど、おれとしては……」

言いかけたら、時計に視線を送ったお母が、「もう行かなきゃ」とテーブルに両手をついて立ち上がった。

お母もまた、おれと同じく背が低い。

小さな背中が、「食器全部下げといて」と早口で言った。

おれは顔を背け、返事をしなかった。

「――いいよ」

玄関のほうから声がした。

「え？」

「好きにしな」

車のキーホルダーに付いている鈴の音がした。

「太陽の好きにすればいい。太陽の人生だもん、お母もそうしてきたから」

ドアの蝶番《ちょうつがい》が軋《きし》む音が聞こえ、バタンとドアが乱暴に閉まった。

「まだ受かったわけじゃないっつーの。最終選考が残ってんだからさ」

おれはつぶやき、自分で使った食器を流しに運んだ。

いつもならそこまでしかしない。でもなぜか、今日は皿や茶碗《ちゃわん》をスポンジで洗いはじめていた。

――六年間の寮生活。

受かったとして、果たして自分はそんなに長く耐えきれるだろうか。

不安がよぎった。

今日は月曜日でクラブの練習は休み。昨日は試合でハットトリックを決めた。といっても、相手は弱いチームだった。

食器を洗い、布巾で拭いて食器棚にもどすところまでやったとき、スマホのＬＩ

NEの着信音が鳴った。

〝JFAアカデミー落ちたわ〟

チームメイトのコバこと、小林からだ。

センターバックのコバはチームで一番背が高い。おれは背が高いやつは基本好きじゃないが、チームメイトということもあり、コバとだけは仲よくしている。コバは、おれと同じく県のトレセンにも選ばれている。そんなコバが選考から落ちて、自分が合格したことが誇らしかった。

じつを言えば今回のJFAアカデミーの第二回募集については、コバから話を聞いた。教えてくれたのは、たぶん自分とはポジションがちがったからだ。おれとコバの関係がうまくいってるのも、その点が大きな理由かもしれない。

おれは、口元をゆるめながらLINEを返した。

〝二泊三日で御殿場に行ってきまーす〟

すぐに返信があった。

〝やっぱな。さすが太陽だな。おれの分までがんばってこいよ！〟

十二月第二週の金曜日、自宅から約四時間かけて、静岡県御殿場高原にある、指定されたリゾート施設に到着した。

すでに日の落ちた園内はやたらに広い。クリスマスに向けたイルミネーションを楽しむ観光客の姿が目立った。幸せそうな家族連れや、いちゃいちゃしているカップルもいる。

ジャージにサッカーバッグを肩から提《さ》げたおれは、完全に浮いていた。

あたりをぶらぶらしたあと、午後七時半から園内の片隅でJFAアカデミーの選考合宿の受付がはじまった。受付会場の入口には、受験者の保護者らしき人集《ひとだか》りができている。ひとりでここまでやって来たおれにとって、そんな大人たちは目障りでしかなかった。

仕事で忙しいお母は、めったなことではおれのサッカーの試合さえ見に来ることがない。おれは、それでよかった。お母は今回、最終日に保護者面接のためだけに来ることになっている。

でもさっき、色とりどりのきらびやかなイルミネーションのトンネルをくぐりながら、ふと思った。

きれいだな、この景色をお母にも見せたかったな、と。

おれは首を横に振り、本来の目的を思い出した。

人集りをかき分けるように進もうとしたとき、「なに、あれ」と受験者の保護者らしきおばさんの声がした。

連れのおやじが、「あれで小学生かよ」と呆《あき》れ顔で笑っている。

おれは、前を歩いているリュックサックを背負ったやつを見た。たしかに小学生には見えない。てっきり、コーチかと思った。

しかし、「あっ」と声をもらしそうになった。

見覚えのある顔だったからだ。

思い出すのに時間はかからなかった。サーディンズの一次セレクションのゲームで対戦した、デカいセンターバックだ。両足のあいだにボールを通す〝股抜き〟を食らわせ、ひと泡吹かせてやった。

でも、そのあと……。

思い出したおれは、「ちっ」と舌を鳴らした。

すると、そのデカい小学六年生が振り返り、「あっ」という顔をした。

どうやら、向こうも気づいたようだ。

でも、おれは無視することに決めた。デカいやつは好きになれない。デカいくせに役に立たないやつは、とくに嫌いだ。

この選考合宿のためにお母が用意してくれた高い受験料を受付で払い、用意した書類を提出した。参加同意書、健康診断書、アンケート。

それから去年と今年の成績表のコピー。学校の成績は正直よくない。体育だけが「5」。「4」も少ない。多いのは「3」で、苦手な算数と音楽は「2」だ。

「なんでサッカーのセレクションに学校の成績表が必要なんだよ」

おれは「ちぇっ」と舌を鳴らした。

「見せるの恥ずかしいね」

コピーをとってきてくれたお母に笑われた。

「学校の成績なんて、サッカーに関係ねえよ」

強がったものの内心は不安だった。

成績表のコピーを出すからには、それも評価の参考になるはずだ。

前に並んだデカいのが書類を出すときにのぞき見たら、通知表には「5」がずらりと並んでいた。「3」なんてひとつもなかった。

もちろん「2」も。

それどころか「4」も。

オール5だ。

――いやな野郎。

おれは後ろから蹴飛ばしてやりたくなった。

ただ、選抜、トレセン参加歴の欄は空白だった。

提出書類には、「骨年齢《こつねんれい》検査同意書」というものもあった。同意書についての説明が別紙でついていたが、めんどうくさかったので読まなかった。お母の話では、手の関節のX線撮影をおこなって、骨の年齢を測定するらしい。

「でもさ、なんのために?」

おれはお母に聞いた。

「骨年齢っていうのは、実際に何年生きたかとは別に、骨の成熟度がどれくらいかを年齢で置きかえたものらしい。理想は、骨年齢と実年齢が近いことなんだけど、骨年齢が実際の年齢よりも若ければどうなる?」

「骨が若いんだから……」

「若いんであれば、今後のびる可能性が高いって考えられるわけだよね」

「わかった」

おれはため息をついた。「それって、背がどれくらいのびる選手か知りたいわけだな」

「だろうね」とお母は答えた。

身長に関しては、自分以外にも、個人調査書に書く欄があった。

それは両親の身長だ。

父　175センチ
母　150センチ
と書いた。

父親の身長についてお母に尋ねたことがある。そのときは、「けっこう高かったよ」と言っていた。

「何センチくらい？」

おれが聞くと、「忘れちゃった」とごまかされた。

たぶんそんなに高くなかったのだろう。

おれには、父親の記憶がほぼない。

「太陽の誕生日、六月二十一日は、夏至《げし》と言って、太陽が一番高くなる日なの。でもね、太陽が生まれてすぐ、あなたのお父さんは遠い世界へ行っちゃったの」

とお母は言っていた。

そのとき、お母はそれまで見たことのない困ったような悲しそうな顔をした。

でも、家には仏壇や遺影がない。

写真も一枚もない。

それとなく兄の大地に聞いたら、「リコン」だろ、とめんどくさそうに言われた。

「リコン」という言葉の意味を知らなかった。

だから初めて辞書を引いて調べた。

それ以来、話題にするのは避けてきた。

ただ、父親がいないことは、おれにとってそれほど大きな問題ではなかった。なぜなら、いないのがあたりまえの生活だったし、自分のまわりには、そういう子も少なからずいたからだ。大地にしたって気にするそぶりは見せなかった。

だから父親の身長は、自分がこれくらいになりたい、という理想を書いておくことにした。

──175センチ。

それだけあれば、どんなにか、気分がいいだろう。

「150センチ」と書いた母の身長は、お母の実際の身長に5センチ足したものだ。

それを見て、お母は黙ってにやけていた。

「サッカーに身長なんて関係ない」

何度かそんな言葉をおれは耳にした。

コーチが言っていた。

テレビのサッカーの解説者が言っていた。

そう思ったこともある。

でもそれは、自分のように背の低い子を励まそうとしている、気休めのようにも聞こえた。

今は、本当のところはわからない。

サッカーは身長なんて関係ないのかどうか。

わからなくなったのは、前にいる、こいつのせいだ。

こいつの両足のあいだを通してゴールを決めたあと、おれはわざと近づいて、

「デカいだけかよ」と聞こえるようにつぶやいた。でも試合再開後、こいつと空中

にあるボールを競り合った。おれがヘディングで届くか届かないかのボールを、こいつは胸でトラップしてみせたのだ。

おれには到底真似できないプレーだった。

にらみつけていたら、前にいるデカいやつが振り返った。

おれは胸に下げた名札を盗み見た。

「大原」という苗字《みょうじ》が見えた。

「ケッ」と心のなかで毒づいた。

苗字まで、デカいツラしやがって。

下の名前はよく見えなかったけれど、一文字だけ、はっきり読めた。

それは、「月」という字だ。


受付をすませたおれは、会場の席に着くと、作文を書かされた。

もちろん、書きたくなどなかった。苦手なのは算数と音楽だが、国語も得意なわけじゃない。さっそく選考試験のはじまり、というわけだ。

課題は「JFAアカデミー福島　志望理由」と「家族について」。

一日に二つも作文を書くなんて、生まれて初めてのことで、おれはかなりてこずった。

とくに「家族について」は、書くことがなかなか浮かばない。家族との毎日は同じようなくり返しで、そこに書くべき題材など見いだせない。お母のことも、兄貴のことも。もちろん、記憶にない父親のことも。

それでも仕方なく、おれは家族について思いついたことを書いた。大地とおれが団地の中庭でいつもサッカーをやっていて管理人から怒られたこと。お母はそのことを近所のお節介おばさんから聞かされたあと、遊ぶところがないんだから見つからないようにやればいい、と言ったこと。お母が仕事ばかりしていて、幸せそうには見えないこと……。

結局、途中で時間切れになってしまった。

おそらく大原は書けたのだろう。落ち着いた表情で、作文用紙を係の人に手渡していた。

その後、大型バスに乗って宿舎へ移動。

車内には、ざっと数えて三十人くらいの小学六年生がいた。おれは一番前の席に座った。所属するクラブ、ライズFCでのバス移動の際もその位置だからだ。いつもならおれの周りにコバをはじめ、チームメイトが集まってくるのだが、だれもおれの席の近くには座らなかった。

一番最後に、デカいのが乗りこんできた。

バスが発車して五分ほど過ぎると、後ろのほうから、しゃべり声が聞こえてきた。

「もしかして、ナショトレ？」

「そうだけど」

「なんだ、やっぱりそうか。おれも前はナショトレ」

なんて会話がふつうに交わされている。

ナショトレとは、ナショナルトレセンの略にちがいない。

トレセンとは、将来有望な選手を選んでトレーニングをおこなう、日本サッカー協会による「トレーニングセンター制度」の略らしい。

小学六年生であるおれは、U－12、十二歳以下のカテゴリーに属している。U－12には、下から、地区トレセン、都道府県トレセン、地域トレセン、ナショナルトレセンがある。

ナショトレは、おれが選ばれている県トレよりさらに二つ上、育成のピラミッドの頂点に位置する。

「どこから？」

「おれは東京」

冷めた声が答える。

「近くてええな」

「きみは？」

「大阪や」

「へえー、おれなんて北海道から。遠いっしょ」

お母が言っていた通り、全国から集まって来ているようだ。

おれは話には加わらず、聞き耳を立てた。

出身地に続いて、所属するトレセンを言い合っている。

どうやらここには、ふだん自分がサッカーをしている仲間とは、レベルのちがう連中が集《つど》っているようだ。そんなやつらと競い合わなければならない。しかも審査は、サッカーのうまさだけではなく、あらゆるものが対象となる。あらためてそのことに気づいた。

「そっちのきみは？」

さっき、「もしかして、ナショトレ？」と問われ「そうだけど」と答えた声が尋ねた。

おれはドキッとして、思わず振り向きそうになった。

「え、ぼく？」

あわてた声が答えた。「ぼくは、これまでトレセンとかには呼ばれたことがないんだ」

一瞬、バスが静寂に包まれた。

失笑こそ聞こえなかったが、心のなかで笑ったやつは絶対にいたはずだ。おれ以外にも。

「でもきみ、すごく背が高いよね」

そのやりとりを聞いて、おれは笑いをこらえた。

――あいつだ。

「名前、なんて読むの？」

「おおはら　つきと」

「へえー、月に人と書いて、つきと、か。おれは、沢村《さわむら》。よろしく」

「こちらこそ、よろしく」

あいつ、地区のトレセンにも入っていないのか。それでよくこんなところまでノコノコやって来たもんだ。たぶん、デカいというだけで一次選考を通ったのだろう。選ぶほうも選ぶほうだが、恥をかきに来たようなもんだ。

おれの口元がゆるんだ。

「ところで、大原君のポジションは？」

「いちおう、フォワード」

答えを聞いて、おれは口元の笑みを消した。

――え？ センターバックじゃなかったのか？

自分と同じポジションだとは思ってもみなかった。

そもそも態度がフォワードらしくない。だいたい、「いちおう」ってなんなんだよ、と腹が立った。

「そうか、じゃあライバルだな。おれもフォワードだから」

声は、沢村と名乗ったナショトレだ。

おれは聞こえないように舌を鳴らした。

ひとりで前のシートに座ってしまったので話に加われない。ふだんなら、黙っていても話の中心におれがいるというのに。でもここでは、そうはいかないようだ。地区トレセンにも入っていないあいつが、ナショトレと親しそうに話している。そのことがおもしろくなかった。フォワードならここにもいるぞ、と名乗りを上げたくなった。

「ところで、身長何センチ？」

「なんか今、すごくのびてるみたいなんだよね。前に測ったときは175だけど、たぶん今はもう少し高いかも」

「175センチ！　すごいね」

ナショトレが驚きの声を上げた。

ということは、あいつはすでに、おれの理想の身長に達しているということだ。思わずため息が出た。

——むかつく。

月人とナショトレの会話は続いた。

バスのなかは、だんだん騒がしくなってきた。「どこから来た？」とか、「どこのチーム？」などと、質問が飛び交っている。「宮崎から」と答える者もいれば、こともなげに所属する地方のJリーグのクラブ名を口にする者もいた。

「ほな、全少に出たあいつ知っとる?」

「ああ、あいつやろ」なんて方言まじりの会話も。

全少、つまり全日本少年サッカー大会に出たやつらも多いようだ。Jリーグのアカデミーに所属しているが、ジュニアユースに上がるかまだ迷っていて今回応募した、そんな話も聞こえてきた。

——全国から集まったサッカーの強者《つわもの》たちがこのバスに乗りこんでいる。

おれは神経を集中して、耳を澄ませた。

「でもさ、今回の選考で合格するのって、若干名って書いてあったね」

ナショトレの声がした。

「それって、どうやら、ひとりらしいよ」

「たったひとり、そうなんだ……」

月人の声が自信なさそうに答えた。

おれは座席から腰を浮かして後ろを見てみたくなった。

ナショトレのことが気になったからだ。

そいつはナショトレだと名乗ったが、別にそのことを自慢しているわけではなさそうだ。月人がトレセンに入っていようがなかろうが、気にしていない様子だ。それでも月人とばかり話すのはなぜなんだ？　そんなナショトレは、どこか余裕というか、静かなすごみを感じさせた。

ナショトレがフォワードであるなら、自分にとってもライバルになる。月人なんて目じゃないが、こいつはおそらく強敵だ。ナショトレの言葉どおり、合格するのがひとりなら、競争は想像以上に熾烈《しれつ》なものになるだろう。

おれは身震いした。

でも、後ろを見ることも、話の輪に加わることもできなかった。ほかの選手と交流せずに時間が過ぎた。もちろん、そういうやつはほかにもいた。なんでおれよりも月人がこの場に馴染《なじ》んでいるのか不思議でたまらなかった。

やがてバスはゆるやかな坂を上り、速度を下げ、そして停車した。

窓の外には、夜空の下、ナイター照明に照らされた緑のピッチがいくつも見える。

——すげえ。

おれは心のなかでつぶやいた。

どうやら、天然芝四面、人工芝六面が広がる、スポーツセンターに到着したようだ。

午前六時起床。

まずまず、よく眠れた。

昨日の夜は、バスから降りて指定された部屋に荷物を運び、すぐに風呂に入った。それから各自部屋にもどり、九時半過ぎに消灯。

所属チームの合宿では、遅くまで起きているやつが必ず何人かいる。でも、ここにはそんな愚か者はひとりもいない。明日へ備えてのことだろう。自分がなにをしに来たのか、自覚している。おれもすぐに眠ってしまった。

初日の朝は、気持ちよく晴れた。

北海道から来ている相部屋のやつが、「富士山見える、なまら大きいぞ」と大声を上げていた。

——富士山くらいなんだ。

と思って窓の外を見たおれは、「デカっ、富士山!」と思わず声を上げてしまった。

それくらい近くに富士山が、でんとあった。

ほかのやつも驚き、見とれていた。

悔しいけれど、でかいことは、それだけで人を感動させるようだ。

六時半からビュッフェスタイルの朝食。朝からたくさんの料理が並んでいる。たまご料理やサラダだけでも数種類。魚も肉もある。ご飯もパンも選べる。牛乳だって、数種類あるジュースだって飲み放題。フルーツも食べ放題だ。

――わあぁ。

おれは心のなかで叫んだ。

お母にはわるいが、家とは大ちがいだ。

大地だってうらやましがるだろう。

アカデミーに合格すれば、毎朝こんな食事なのだろうか。そうであれば、かなり魅力的だ。

朝食後、食堂で簡単なミーティングがあった。

今日これからの予定や注意事項の説明を受けた。スタッフは皆、胸に八咫烏のシンボルマークの付いたウェアを着用していた。

「この合宿で自分の力を出し切ってください。まずは今日一日がんばろう」

最後に挨拶に立ったスクールマスターの顔は、どこかで見たような気がしたが、思い出せなかった。

昨日、受付で渡されたカラー刷りの個人スケジュール表には、受験番号、氏名、部屋割りのほかに、着用するビブスの色、個人面接とメディカルチェックを受ける予定時間が記されていた。

午前八時から人工芝のグラウンドでフィジカル測定の説明がはじまった。空は青く晴れていたが、風は冷たい。雪を被《かぶ》った富士山がこんなに近くに見えるのだから当然と言えば当然だ。

「うっぷ」

おれはレッドの9番のビブスを着け、ゲップをもらした。

調子に乗って朝食を食べすぎてしまい、腹が重たく感じた。

コーチの話に耳を傾ける受験者たちの輪のなかに、ほかの選手よりも頭ひとつ高いあいつの姿があった。おれと同じレッドのビブスを着用し、一番前で熱心に話を聞いている。優等生面《づら》しやがって。なんだか点数稼ぎのようにも映ったが、ここはアピールの場であることを思い出した。

まずはボールを使ったウォーミングアップがはじまる。コーチのほかに何人かいるスタッフは、アカデミーの生徒、中学生らしい。コーチの指示に従い、てきぱきと動いている。ボールまわしの際、その中学生たちも参加した。たしかにうまい。

アップ後、最初におこなわれたテストは40メートル走。20メートル地点とゴールに測定ポイントがある。最初の測定ポイントは、瞬発力を測るためだろう。

二人ずつ、同時にスタートし、順番にタイムを計っていく。

おれの50メートル走の自己ベストは、六秒八。校内でも所属するクラブでも一番速い。低学年の頃から、いつもリレーの選手。去年の運動会では、三人ごぼう抜きをして一着でゴールした。

つまり、かけっこで負けたことはない。

おれより前に走った選手を見ていたが、みんな足が速い。それはあたりまえのことだろう。サッカーは走るのがベースのスポーツだからだ。

でもそのなかでおれが驚くようなスピードの選手はいなかった。

そして、いよいよおれの順番がきた。

一緒に走る相手は、ブルーのビブス、8番の選手。背はそこそこ高く、締まった体つきをしている。イケメンの顔には緊張感がなく、どことなくにやけてすらいる。

——絶対に負けねえ。

おれは舌なめずりをして、スパイクのひもを結び直した。この日のために、お母が買ってくれたスパイクはとても軽く感じた。たぶんいつもより値段が高かったはずだ。

スタートの合図で、反応よくおれは飛び出した。

いいスタートが切れた。

おれのフォームはけっしてよくないらしい。学校の先生に言われたことがある。

でも問題はかっこじゃないはずだ。

おれはすぐにスピードに乗り、風のように走った。

なのに、先にゴールしたのは、隣のレーン、ブルーの8番だった。

——そんな馬鹿な……。

頭が真っ白になった。

初めて負けた。おれが。

——やっぱり、朝食食いすぎたのかな。

40メートル走は二回やった。
タイムは表示されないのでわからない。
けど、勝敗は同じだった。
8番が先にゴールした。
朝食のせいじゃない。
それにおれが遅いわけじゃない。
こいつが、ブルーの8番が、ものすごく速いのだ。
――負けた。
冷たい汗が首筋をゆっくりと流れた。

地元からこんな遠く離れた場所で、まさか彼と再会するとは思わなかった。
太陽の顔を見つけたとき、ぼくはなぜかほっとした。知らない選手たちばかりだったからかもしれない。

思わず笑いかけたくなったが、太陽はサーディンズのセレクションで対戦したときと同じようなギラギラした目をしていた。ぼくなど相手にしたくないような態度でもあった。

それはそうだろう。ぼくたちは赤の他人だ。

一度は同じピッチに立ったとはいえ、ぼくらは敵同士だった。しかもレベルがちがう。ゴールを決めたあと「デカいだけかよ」と彼がもらしたのは、軽蔑を示したかったのかもしれない。失礼だとは思ったが、そう言われても仕方ないとも感じた。でもあのときぼくは本来のポジションではなかった。そのことがずっと引っかかっていた。

晴男から勧められてJFAアカデミー福島の書類選考に応募したけれど、通過できるとは正直思ってもいなかった。なぜなら、誇れるような実績がぼくにはなかったからだ。

でも、ぼくはぼくなりに書類選考に向けベストを尽くしたつもりだ。自分を知ってもらうために言葉を選び、サッカーに対する思いを気持ちをこめて記した。これでだめなら仕方ない、と思えるほどに。

合格したのは、おそらく、なにかしらぼくに見るべきものを感じてくれたからにちがいない。晴男が、まずはおもしろがること、興味を持つことが何事も大切だと言っていたけど、その通りだ。その思いからすべてははじまり、一歩踏み出したからこそ、今回のチャンスが手に入った気がする。

とはいえ、実際に参加してみて、とんでもないところへ来てしまった、というのが本音でもある。ふだんぼくがプレーしている選手たちとは皆レベルがちがう気がした。トレセンに入っていないのは、ぼくだけだった。

かといって、高いレベルのトレセンに所属していることを鼻にかけるような選手はいなかった。ウェーブFCには、地区トレセンでありながら自慢げなチームメイトがいる。トレセンの経験がないからといってぼくをバカにするような参加者は、ここにはひとりもいない。

バスで知り合った東京出身の沢村もそんなひとりだ。なんていうか、小学生ながらとても紳士的に感じた。彼の話では、今回の選考で合格できるのは、ひとり、とのこと。そのひとりを選ぶためにこれだけ大掛かりな選考合宿をおこなうのだから、主催者である日本サッカー協会は、まさに〝ダイヤの原石〟を本気で見つけようとしているのだろう。

初日の朝食後にはじまったフィジカル測定、40メートル走は得意な種目とはいえない。それでもどれだけ通用するのか楽しみでもあった。もちろん最初からあきらめているわけではないが、結果を出すだけでなく、自分の力を試したかった。

40メートル走は、競争ではない。あくまで自己タイムの計測が目的であるはずだ。それには自分の走りに徹するべきだと考えた。

ぼくの一本目は最後の組となった。

順番を待つあいだ、太陽が走るのを見た。

太陽は、ぼくと同じ色のビブスを着用していた。

ぼくは太陽に注目していたわけだが、先着したのは彼ではなかった。ブルーの8番がわずかに先にゴールした。それはバスのなかで知り合った、ポジションがぼくや太陽と同じフォワードの沢村だった。身長は160センチくらいだろうか。ナショナルトレセンに所属していると話していたが、驚きだった。まさか、あの太陽が負けるとは思っていなかったからだ。

「さすがに速いな」

ぼくの近くにいた選手がつぶやいた。

そのあと、「沢村だろ」という別の声が聞こえた。

どうやら彼は一目置かれているようだ。

あからさまな太陽の悔しがり方を見て、彼自身が驚いていることに気づいた。沢村に負けたとはいえ、太陽のタイムはかなり速いはずだ。冷静に考えれば、ナショナルトレセンのレベルにある選手と競り合える太陽は、やはりすごい選手だとも言えた。

自分が走る番になると、もう一度落ち着いた状態で、自己ベストを目指してスタートの位置に着いた。

一緒に走る相手は気にしなかった。からだが大きいこともあり、スタートダッシュに遅れる傾向のあるぼくは、最初の数歩はストライドを短くすることをとくに意識した。

スタートの合図と同時にからだを前に倒すイメージで、ぼくは右足を踏み出した。

それでも隣のレーンの選手がわずかに前に出たのが見えた。

けれど20メートルの測定ポイント近くで追いついた。残りの20メートルでストライドをのばしわずかに追い越した。

ゴールしてから相手をよく見ると、ぼくほどではないが身長が高かった。目が合ったのでポジションを尋ねたところ、ゴールキーパーだと答えた。

「デカいけど、君は？」

聞き返されたので、「フォワード」と答えた。

「ああ、フォワードね」

彼はほっとしたような様子で笑みを浮かべた。

もしかしたら背の高いぼくのポジションもゴールキーパーだと思っていたのかもしれない。

競争ではないのだが、40メートル走にしろ、この場所でひとりの選手に勝てたことで自信になった。あたりまえのことだが、彼らも自分と同じ小学六年生なのだと思えた。

次は、ぼくの好きな種目だ。

休憩をはさんでからは、シャトルラン。

学校のスポーツテストにもある種目だ。

ピッチに平行に置かれたイエローのマーカーからマーカーまでは20メートル。間隔を置いて並んだマーカーの一つひとつに、受験者全員がそれぞれ立ち、合図の音に合わせて向かいにある自分のマーカーまで走り、次の合図の音が鳴ってから、元のマーカーまでもどってくる。このくり返し。

最初のうちは折り返し時間の間隔はそれなりに長いけれど、徐々に短くなっていく。合図の音についていけなくなった時点でアウト。決められた時間内で、どれだけ走り続けられるか試される、往復持久走だ。

今度こそ、絶対に負けられない。

なんとしても一位になってみせる。

腹の具合も落ち着いてきた。

おれは集中を高めた。

「オン・ユア・マーク」

「位置について」の合成音声が響き、全員が一列に並ぶ。

バスを降りるときに鳴らすようなブザーの音が聞こえ、スタートを切る。

学校のスポーツテストでは、「ド　レ　ミ　ファ　ソ　ラ　シ　ド」で走るスピードの目安になる音が鳴るけど、そんな音は聞こえない。音声は英語で、なにを言っているのかわからない。でも、やることは同じだ。

マーカーにたどり着いてから、次のブザーが鳴るまで少し間があった。無駄に速く走る必要はない。ブザーが鳴ると同時にスタートを切り、次のブザーが鳴るまでにたどり着けばいいからだ。

最初は余裕だった。

だんだんからだが慣れてきて、ブザーの間隔をうまくつかめるようになってくる。

徐々にブザーの音が高くなり、間隔は狭まってくる。

学校とはちがって、さすがにすぐ足が止まる者はいない。

少しずつからだが火照《ほて》ってくる。

息を整えながら走る。

――まだまだいける。

80回で最初の脱落者が出た。

ゴールキーパーの選手のようだ。

――おいおい、早すぎだろ。

おれはにやつく余裕さえあった。

その後、100回を過ぎた頃から、何人かが立ち止まってしまった。

残っているのは、すべてフィールドプレーヤーだ。

おれのシャトルラン最高記録は120回。と言っても、もっとできたはずだ。学校の春のスポーツテスト、クラスメイトが応援するなか、おれは去年の自己最高記録を更新した。

残りひとりだけになって120回をクリアし、さらに記録をのばそうとしたそのとき、おれの足が止まった。

「――ああ」

残念そうなクラスメイトの声。

でも、おれのせいじゃない。

なぜなら、音声が止まってしまったからだ。

担任の先生が再生機のスイッチを切ってしまったのだ。

「あなたはスポーツテストの項目別得点表の『10点』にすでに達しました。もうじゅうぶんです」

先生に言われた。

シャトルランは80回以上で満点だから、これ以上続ける必要はないのだと。

だけど、おれはもっと走れたし、走りたかった。

なぜチャレンジさせてくれないのか、腹が立った。

その話をしたら、お母は「ふうん」とだけ鼻で応えた。だけど表情はなにかを我慢しているときのお母の顔だった。世の中とはそういうものだと言いたげな。

スポーツテストは「ソフトボール投げ」以外はすべて「10点」。表彰のバッジをもらったけど、ちっともうれしくなかった。

だから、今日は１２０回の記録を絶対に更新する。

そして今度こそ勝つ。

おれはそう決めていた。

レベルアップの音声が流れ、受験者たちはスピードを上げる。

音程の高くなったブザーが鳴り、止《や》んだと思ったら、またブザーが鳴る。

そのたびに、一人、またひとり、脱落者が増えていく。

１１０回を超え、呼吸が速くなる。

からだ全体が熱くなり、汗が噴きだしてきた。

横っ腹がしばらく痛んだけど、どうやら治まってくれた。

おれの目標は、このシャトルランで一番になること。つまりは最後のひとりに残ることだ。だからどうしても周りが気になってしまう。

すばやく首を左右に振って様子をうかがうと、走り続けているのはおれを含め、五人にしぼられた。

残っているビブスの色は、ブルー、レッド、イエロー、グリーン。

左手の二つ離れたレーンに、ブルーの8番。40メートル走でおれに勝ったやつもまだ残っている。

その向こう側、自分と同じレッドのビブスの選手を見て、「マジか」とつぶやいた。

――なんてこった、あいつじゃないか。

ええと、たしか名前は、つきと。

そう、大原月人。

早々に脱落していったゴールキーパーもそうだけど、デカいやつは走るのが苦手だと思っていた。そういえば、40メートル走はどうだったのだろうか？　まったく見ていなかったのでわからない。

走り続けながらおれは、今やっているシャトルランが、ただ持久力を測るためだけのものではない気がしてきた。

走り続けることができるのは、どんなやつか。

何回走れば10点という採点があるわけじゃない。

走るのをいやがるやつ、気持ちが弱いやつ、言い訳を口にするやつ、そういうやつらは、たとえサッカーがうまくても、走り続けることはできない。

高い目標を持ち、日頃から自分を限界まで試せる負けずぎらいだからこそ、走り続けることができるんだ。

そんな気持ちまでもが、今、試されている気がした。

それに走り続けるためには、走るための理由が必要だ。

なんのために走るのか。

だれのために走るのか。

ひとつ離れた右隣のレーン、イエローのビブスの足が118回で止まった。

そのままバタリと倒れ、人工芝の上で大の字になる。

——残るは、四人。

おれの瞳には、すでに走るのを止めてしまった者たちが映った。

腰に手をあて顔をしかめる者、膝を抱えうつむく者、あるいはほっとした顔でうまそうに水を飲んでいるやつ。そんな彼らに向かって、「お疲れ」とおれは心のなかでつぶやき、優越感に浸る。

いつのまにか、ネットの外、駐車場にはギャラリーの姿が増えた。おそらく受験者の親たちだ。保護者面接は明日だから、近くにホテルでもとって、わざわざ一日早く来たのだろう。それとも受験する息子と一緒に来て、そのまま泊まっているのだろうか。ご苦労なこった。

次でおれの自己最高記録でもある120回。

そこで、グリーンのビブスが脱落。

――あと、三人。

記録を更新したおれは、もちろん止まるつもりはなかった。

なぜなら、おれには走り続ける理由があるから。

自分のため。

ここにはいない、お母のためにも――。

そして、プロのサッカー選手になることをあきらめたであろう大地の分まで。

残るは、おれ、月人、ブルーの8番の三人。

トレセンに呼ばれたこともないやつに、負けるはずがない。

次に脱落するのは、たぶんデカい月人だ。

40メートル走で負けたブルーの8番には、今度こそ勝ってやる。

汗が入った目をしばたたき、おれは歯を食いしばった。

レベルアップの音声で、またペースが一段上がる。
三人のうち、案の定、月人が少しだけ遅れだした。
――さっさと止まっちまえ。
心のなかでつぶやいた。
学校とはちがって、だれも応援してくれない。
でも、だれも止めようとはしない。
静けさのなか、三人だけが試され、注目されている。
「128……」
「129……」
「130……」
おれは頭のなかで数える。
すでに自分の限界を超えている気がした。
――まだ走るのか。
なぜ止まらない――。
一緒に走っている相手のことばかり気になる。
気を紛らわそうと犬のように舌を出して走る。

一回一回が、いや、一歩一歩が遠く思えてくる。

「133……」

「134……」

「135……」

と、そこで突然、足が止まった。

それは、月人でも、ブルーの8番でもなかった。

おれの足だった。

最後の一歩を踏み出したとき、がくりと膝が折れ、人工芝に仰向《あおむ》けに倒れこんだ。

過呼吸になったように息が激しく、胸が波打ち、見開いた瞳には、冬の青空が見えた。

——なんで、おれなんだ？

信じられなかった。

また、負けた。

ブルーの8番に。

デカいやつ、月人にまで負けてしまった。

けど、なぜか悔しくはなかった。

自分は学校のときよりも15回も多く走った。

だれにも止められることなく、精一杯やり切ったんだ。

それでも、まだあいつらは走り続けている。

その事実を素直に受け入れ、息が整う前に起き上がり、レーンに目をやった。

静寂のなか、二人の呼吸音だけが規則正しく聞こえてくる。

白い息を吐きながら、近づいては、また遠のいていく。

「１５０！」

コーチが叫んだ。

「すげえな」

テスト生がつぶやいた。

「がんばれよ」

二人を見つめるおれの口から、思わず言葉がこぼれた。

月人は大きなからだを活《い》かし、長いストライドを使って走っている。両肩に力が入っているその姿は、けっして美しくはないが、力強かった。

ブルーの8番は、足を地面からなるべく離さないようにして、滑るように無駄なく走っている。その走り方は、おれが憧れる小柄なフォワード、アルゼンチン代表のメッシにどことなく似ている。腕の振り方は基本どおりではなく、開いた手のひらで風を切るように振っている。

152回で、遂《つい》に月人は力尽きてしまう。

マーカーを行き過ぎると、大きな獣が遠くからライフル銃で撃たれたように、顎を上げ、崩れ落ちるように倒れこんだ。汗だらけのその顔は、苦しそうに目をつぶっているが、口元はどこか笑っているようにも見えた。

最後まで残ったブルーの8番は、月人より3回多い155回で足を止めた。

ふらつきながらも、なんとか踏ん張って立っている。たぶんそれがやつのプライドなのだろう。そんなこだわりを持って、サッカーをプレーしている気がした。

だれかが拍手した。

拍手はたちまち芝生の上に広がっていった。

ブルーの8番は危なっかしい足どりで歩くと、月人に右手を差し出し、すぐ横に倒れこんだ。

月人も倒れたまま、長い腕をのばし、ブルーの8番とがっちり握手を交わした。

二人の胸は波打っている。

吐く息が白い。

二人がなにをしゃべっているのかはわからない。

でも、彼らがお互いを認め合っている、そのことだけは、おれにもじゅうぶん伝わってきた。


ようやく胸の鼓動が鎮まってきた。

汗で濡《ぬ》れた自分のシャツから蒸気が上がっていくのが見えた。

同時に体温が下がっていくのを感じた。

シャトルランは、フィジカル測定のなかでぼくが得意とする種目といってよかった。走るのは短距離よりも長距離のほうが自信がある。

でもこんなに走れたのは初めてだ。

それはたぶん、自分をアピールするという、はっきりした目的があったからだ。

そのためには、できるだけ長く走り続けるしかなかった。そして、ライバルの存在も大きかった。

最後の三人に残ったのは、フォワードの三人だった。そのなかに太陽がいたのは、ぼくにとってかなり力となった気がする。今のぼくが太陽に勝てるとすれば、この種目、シャトルランしかないような気がしたからだ。

走りながら太陽に言われた言葉を思い出した。

――デカいだけかよ。

そうでないことを自ら示すチャンスだと思えた。

ぼくはちがう。

デカいだけではない。

ポジションは君と同じフォワードだ。

だから君には負けられない。

気持ちを奮い立たせ、それでも冷静に走ることを心がけた。

これまでサッカーで味わった悔しかった場面を思い出した。

ウェーブFCの練習後、みんなでPKの練習をやった際、順番を待っていたぼくの番になった。ボールをセットし集中して蹴ろうとしたら、チームメイトがそのボールを蹴ってしまった。ぼくが抗議してやり直しをしようとしたら、今度は別のチームメイトがボールを蹴った。

みんなが笑っていた。

そこでコーチが終わりにしようと言ったので、結局、ぼくはPKを蹴れなかった。

とても悔しかった。

そんなことをされたのは、ぼくが下手《へた》だったからだ。

あんな卑怯なやつらには、負けたくない。

もっとうまくなりたい。

そんなことを思い出しながら、走り続けた。

太陽が突然足を止めたときぼくは、勝った、と思ってしまった。

気持ちがそこでゆるんでしまったのかもしれない。

太陽に勝てたことは、自分にとって大きな出来事だった。

でも、この選考合宿では一番にならなければ、合格することはできない。そのことは、走り続けている残りひとりとなったライバルでもある沢村から教えてもらっていたというのに――。

ぼくは、太陽に勝てたことで、たぶんそこで満足してしまったのだ。

太陽に勝てたものの、自分がナショナルトレセンの選手に勝てるわけがない。勝てないなら早く楽になりたい。そんな弱気な気持ちに、最後に囚《とら》われてしまったのかもしれない。

最後のひとりとなった沢村は、一番になっても走るのをやめなかった。もうじゅうぶんなはずだった。それでもぼくより3回多く走ってみせた。

それこそが、この選考合宿で求められているプロを志す者のメンタルのような気がした。次のテストに向けて体力を温存するというわけではなく、常にベストを尽くす姿勢を見せた沢村は素晴らしいアスリートだと思えた。

そんな沢村が、走り終えるとぼくの隣まで歩いて来て倒れこんだ。

そして思いがけず、ぼくに右手を差し出してきた。のばした腕は汗だらけだった。ぼくは疲れ切っていたが、彼の右手をしっかり握り返した。ぼくの腕も彼と同じように汗の粒に覆われていた。

そのとき、負けたとはいえ、あたたかな気持ちになった。

スポーツっていいな、と思えた。

沢村は、最後のひとりに残ったのが誇らしかったのかもしれない。

「なかなかやるじゃん」

ぼくの目を見て沢村は言った。「おれ、ひさしぶりにマジになったわ」

そう言うと、はにかむように笑ってみせた。

おれにとってさんざんな日だ。

一日に二度も負けるなんて、人生で初めての経験だ。

まだ十二歳とはいえ、人生で初めての経験だ。


その後のメディカルチェック、個人面接は、シャワーを浴びたあとにおこなわれた。

メディカルチェックでは、身長、体重の測定のほか、腕の長さや、膝下の長さなんてところまで測られた。ベッドに寝かされ、ストレッチをするようなおかしな姿勢をとらされもした。股関節や膝の動き具合をチェックしていたようだ。

――やれやれ。

個人面接では、面接官が二人。スクールマスターとヘッドコーチ。スクールマスターの浦浩一郎はどこかで見た顔だと思ったら、元U-16日本代表監督だった。その前はたしかサッカー強豪高校の監督をやっていたはずだ。

父親のいないおれは、大人の男の人たちと面と向かってこんなふうに長い間話をするのに慣れてない。どこに目をやればいいのか戸惑ってしまった。サッカーをやっているときのほうがよっぽど楽だ。正直めんどうくさい。

質問されたのは、「サッカーをしていて一番幸せを感じたとき」

それから、「自分の得意なプレー」

最初の質問には、うまく答えられなかった。

なぜなら、そんなことは考えたことがない。それにおれは、サッカーをしているときはいつも幸せだからだ。その幸せに、一番も二番もない。

途中、「緊張しなくていいよ」とヘッドコーチに声をかけられた。

浦浩一郎は黙ったまま両腕を組んでいる。

シュートを打つゴール前でもそれほど緊張しないおれなのに、たしかに言葉がうまく出てこない。からだではなく、言葉で表現するのはむずかしい。兄の大地もそうだが、おれは他人としゃべるのは苦手だ。

ＪＦＡでは、コミュニケーション能力を重視していると聞いたことがある。その点では、おれはアピールできそうにない。

「自分の得意なプレー」については、ゴールを決めること。だから、「ドリブルシュート」と答えた。

「ほかには？」と聞かれ、とっさに「股抜き」と答えた。

浦の口元がそこで初めてゆるんだ。

「じゃあ、午後のゲームで見せてくれ」

浦が言った。

「わかりました」

おれはにやりとした。

「きみのポジションはフォワードだよな」

ヘッドコーチは笑わずに尋ねた。

「そうですけど」

「ゴール前のシュートチャンス、どれくらいの確率なら、きみはシュートを打つ？」

浦が初めて質問した。

「確率が1パーセントでもあれば、おれは打ちます」

おれは即答した。

「なるほど」

浦がうなずいた。

「じゃあ、ゴール前のシュートチャンスで、パスをすればゴールの確率が上がる場合、きみはどんな判断をする？」

ヘッドコーチが尋ねた。

たぶんおれを試しているのだ。

でも正解なんてわからない。

「1パーセントでもゴールの確率があれば、自分で打ちます」

おれは同じように答えた。

「なぜだ？」

「それは——」

おれは浦の目を見て言った。

「いつもそうしてきたからです」

おれは笑ってしまったが、浦の口元はゆるまず結ばれていた。ヘッドコーチは小さく首を揺らした。

二人はなにも言わなかった。

どうやら彼らの望む答えではなかったようだ。

シュートを打つときに確率なんておれは考えていない。

ただゴールを決めることしか頭にない。

面接が終わってほっとしたおれは食堂へ向かった。

廊下で見覚えのある顔に出くわした。

ブルーのビブスの8番を着けていた選手だ。

「げっ」という顔をおれがすると、「おっ」と相手も気づいた。

ブルーの8番は、おれが首から提げている名札を見て、「こひやまたいよう、って言うんだ」と漢字を誤りなく読みやがった。

おれも同じように、ブルーの8番の名札を見た。

「沢村歩夢」と書いてある。

「ええと……」

おれは漢字を正しく読もうとした。

「さわむら……ぽむ?」

「はっ?」

「おまえ、変わった名前だな」

おれの言葉に、ブルーの8番は肩をすくめて両手を挙げるポーズをとった。

「初めてだよ、おれの名前を『ぽむ』って読んだやつは」

「え、ちがうのか？」

「あたりまえだろ。夢に向かって歩くで、あゆむだよ。ぽむじゃない」

「あっ、わりい」

「きみはとてもユニークだね。このあとある学力テスト、せいぜいがんばれよ」

そう言うと、歩夢は行ってしまった。

どうやら怒らせてしまったようだ。

「ちきしょう。なんか気どってやがんな……」

おれは舌を鳴らしたあと、バスのなかで聞いた会話を思い出した。

それは月人とナショトレのやつとの会話だった。『へえー、月に人と書いて、つきと、か。おれは、沢村。よろしく』。

——たしか、そう言っていた。

ブルーのビブスの8番、40メートル走とシャトルランでおれを負かした沢村歩夢とは、ナショナルトレセンのメンバーだったのだ。

——どうりで、手強《てごわ》いわけだ。

おれも、月人も、そして沢村歩夢もフォワード。

言ってみれば同じポジションのライバル。

あらためて、二人を強く意識した。

すると今度は前から月人が歩いてきた。

「お疲れ」

月人はかるく頭を下げた。

シャトルランでの記憶がまだ生々しく、おれは「おう」とだけ応えた。無視しなかったのは、こいつが、ただデカいだけではないことを知ったからだと思う。

「面接終わった？」

「ああ、さっきな」

「そうか。ぼくはこれから」

月人はそう答えると、緊張した様子もなく面接会場へ向かった。

――おかしなやつだ。

初めて対戦したとき、おれがあいつにとった態度はけっして気分のいいものではなかったはずだ。それなのに声をかけ、ふつうに接してくるとは。

それとも……。

おれは大きな背中から視線をそらし、首を横に振った。

今は余計なことを考えるべきじゃない。

◐

先に面接を受けた同部屋の選手の話では、面接官は二人。スクールマスターの浦浩一郎とヘッドコーチだったらしい。「サッカーをしていて一番幸せを感じたとき」と「自分の得意なプレー」をまず聞かれたそうだ。

ぼくのときは、面接官は同じだったけれど、質問のひとつがちがっていた。「自分の得意なプレー」ではなく、「自分の苦手なプレー」だった。

自分の弱点を口にしたくはなかったけれど、この質問はそのことを把握できているのかを知るのが目的なのだと感じ、正直に答えた。

「利き足ではない左足でのプレーです」

「その苦手なプレーを克服するために、自分なりになにかやっていますか？」

ヘッドコーチが尋ねた。

なるほどそうくるのか、と思いながら言葉を選んだ。

「左足でのシュート練習をしますが、それ以前にトラップもうまくないので、まずは左手でお箸やスプーンを使ったりしています」

「へえー、おもしろい試みだね」

ヘッドコーチがうなずくと、「それは自分で考えたの?」と浦浩一郎が尋ねた。

「いえ、ちがいます」

ぼくは首を横に振ってから答えた。

「だれが教えてくれた? クラブのコーチ?」

「いえ、ぼくの祖父です」

「おじいちゃん?」

「ええ、いろいろなことを教えてくれます」

「そうなんだ」

ヘッドコーチは二度うなずいた。

「ところで、君は身長が高いけど、ご両親はそれほどでもないよね。どうしてそんなに高くなったと思う?」

ヘッドコーチは書類を見ながら質問した。

浦浩一郎はじっとこちらを見たままだ。その少し上目遣いのぎょろりとした目は、嘘は簡単に見破りそうだ。

「規則正しい生活を送るように心がけています」

ぼくは晴男との会話を思い出しながら答えた。

「学校の成績は優秀だよね。塾に通ったり、家での勉強とかもあるから、どうしても夜遅くなるんじゃないの？」

「塾には通ってません。勉強は、学校の授業に集中するようにしています」

「へえー、それで通信簿のオール5がとれるんだ」

ヘッドコーチは感心したように首を揺らした。

「──背が高いのは」

ぼくは自分から口を開いた。「たぶん、祖父の身長が高いからです」

「そうなんだ」

「ぼくよりも背が高いです」

「隔世遺伝か。なるほどね」

ヘッドコーチがうなずいた。

「通信簿を見ると、学級委員長をやっているね？」

浦浩一郎が視線をそらさずに低い声で言った。「立候補したの？」

「五年生のときもやったので、その流れですが、やりたい人がいなかったので手を挙げました」

ぼくは二人の面接官の顔を交互に見ながら答えた。

「ちょっと思ったんだけどさ」

浦浩一郎はなにげない感じで言葉を継いだ。「君は体格もいいけど、学校の成績も素晴らしい。将来の選択肢はいろいろあるような気がするんだ。なにもプロのサッカー選手にこだわる必要はないんじゃないかな？」

たぶんそのとき、ぼくは「え？」という顔をしたと思う。

ぼくが参加しているのは、プロのサッカー選手になるための選考合宿だ。それなのにそんなことを言われるとは思いもしなかったからだ。

この合宿に懸けるぼくの本気度を試したかったのかもしれない。考えてみれば、ぼくを困らせるための質問だった気もする。

実際、ぼくはうまく答えられなかった。意地悪をしようと考えたわけではなく、難題と向き合ったときにどういう態度をとるのか、浦浩一郎は試したかったようだ。

――サッカーじゃなくてもいいんじゃないか？

そう問われたとき、サッカーじゃなきゃダメなんです、という確たる根拠がぼくにはなかった。

ただ、サッカーが好きだから。

そう答えればよかったのかもしれないが、ぼくは答えられなかった。

浦浩一郎の目は、なぜかそのとき安心したような穏やかな色に変わった。それでいいんだ、とでも言うように。

面接の最後に、ポジションについて問われた。

フォワード以外のポジションでプレーしたことがあるのか。

ぼくは「ディフェンダーとしてプレーしたことがあります」と答えた。本当のところ、ぼくがフォワードになったのは高学年になってからのことだ。でもそのことは口にしなかった。

この選考合宿では、フォワードとして見てほしかったからだ。

「それじゃあ、これで終わります」

ヘッドコーチの声が部屋に響いた。

ぼくの面接は、サッカーについてよりも別のことに多くの時間を割かれたような印象だった。

それがなにを意味するのかはわからない。

昼食後、もっとも憂鬱《ゆううつ》な時間がやってきた。

歩夢に「せいぜいがんばれよ」と言われた学力テストだ。宿泊施設とは別棟の教室のような部屋でプリントを配られ、国語と算数の問題にとり組んだ。

国語は、漢字の書きとり、読み。

いくつか書けた漢字もあった。

四文字熟語の読みの問題に「無我夢中」が出題されていた。

歩夢とのことを思い出し、「むわれむちゅう」と読み仮名《がな》をふった。

算数は、計算問題と苦手な文章題。

計算問題は大方《おおかた》解けたが、自信はない。

文章題はかなり手こずった。

おそらく学校の成績のよい月人なら、すらすら解くのだろう。

ＪＦＡアカデミーに入るためのテストは、いわばプロのサッカー選手になるためのテストでもある。だとすれば、プロのサッカー選手になるためには、サッカーのテクニックやスピード、持久力だけでなく、ピッチ外のことも重要だ、ということだろうか。

なんだか自信が薄れていく。

午後一時半、ようやく教室から解放された。

サッカーシャツとパンツに着替えてグラウンドに向かう。

いよいよ待ちに待った実技、サッカーの時間だ。

おれはスパイクのひもを結び直し、両手の指先でストッキングに入れたすねあてをコツコツと叩いた。

――さあ、準備オッケー。

まずはコーチの指示で同じ色のビブスで集まりパスまわし。小気味よくボールがまわる。

レッドのビブスには、11番を着けた月人もいる。

月人は、おれと同じ右利きらしい。試しに、月人の左足にわざと速いパスを出すと、トラップでボールを浮かしやがった。

どうやら左足は苦手のようだ。

レッドのビブスには、午前中には見かけなかった選手が二人入ってきた。不思議に思っていると、「おれら、第一回の募集の最終選考で落ちたんだ。だから、フィジカル測定とかは受けてるから、今日の午後から参加したってわけ」とひとりが説明した。

第一回の募集の最終選考まで進んだ者は、希望すれば、第二回の最終選考で再チャレンジできる仕組みらしい。ほかの色のビブスにも、同じ立場の者が午後から加わったようだ。

ライバルが増えたというわけだ。

「じゃあこれから、フルコートでのゲームをやります」

コーチが声をかけ、選手の注目を集めた。

「最初はブルーのビブスとグリーンのビブス。次はレッドとイエロー。ポジションはコーチの指示に従ってください。人数が足りないチームには、アカデミーの生徒が入ります。それじゃあ、がんばってください」

コーチの説明のあと、ブルーとグリーンのビブスがピッチ中央へ、おれらはピッチサイドへ退いた。

――いよいよはじまる。

胸の鼓動が高鳴った。

おれはここへサッカーをしに来たんだ。

一番大事なのは、試合でなにができるか、そのはずだ。

まずはブルーのビブスの8番、沢村歩夢のお手並み拝見といこう。


主審の笛が鳴った。

ブルーとグリーンのビブスの対戦は、かなり刺激的だった。

あたりまえかもしれないが、ふつうの試合にはならなかった。それぞれの選手が、自己アピールのためにプレーしているのは明らかだ。

チームのためではなく、自分のために戦っている。

セレクションという場で、それは当然であり、ピッチに立てば、おれだってそうするだろう。今までのセレクションでもそうしてきた。

どデカい富士山をバックに色鮮やかな人工芝でプレーする選手のレベルは、だれもが高い。聞いた話では、沢村歩夢だけでなく、参加者の多くがナショナルトレセン経験者らしい。月人以外は、少なくとも県トレ以上のはずだ。

なかでも、フォワードのポジションに入った沢村歩夢、〝ポム〟の野郎は、ほかの選手とのちがいを何度も感じさせた。

歩夢は左利き、レフティーだ。

多くのスポーツの世界では、絶対数の少ない左利きは有利だと言われている。サッカーもそうだ。

実際にレフティーには天才と呼ばれる選手が少なくない。ギャレス・ベイル、ダビド・シルバ、ディ・マリア、そして、リオネル・メッシ。

試合開始早々、歩夢は高い位置で味方のパスを受けるポストプレーを見せた。前線でボールをキープし、味方のために時間をつくるフォワードの基本的なプレーのひとつだ。

左足でパスを受けた歩夢は、ツータッチ目でシンプルにゴールを向いた味方に落とし、自分はすぐにターンしてボールを引き出そうとする。

しかしパスは歩夢に出ない。

けれど、そのシャープな動きは味方の使えるスペースをつくり出し、シュートチャンスを演出した。当然、コーチたちの評価の対象になるはずだ。

そして、基本に忠実なプレーの次は、意外性のあるプレーの披露。左サイドでパスを受けた歩夢は、二人のマークを引き連れ、敵陣深くドリブルで切りこんでいく。てっきり自分で勝負する気だと思っていた。

しかし歩夢は、そこから逆サイドのフリーの選手に浮き球のパスを送った。左足インフロントの正確なキックだった。

「ナイス！　ナイス！」

コーチからうれしそうな声が飛ぶ。

ゴールを守るグリーンのビブスの選手たちが、「え？」という感じで首を百八十度めぐらした。歩夢の味方であるブルーの選手まで戸惑っていたくらいだ。

スピードに乗ったドリブルのなかで、そこを見れていたのか、とおれも感心した。

ショートパスばかりのゲームのなかで、距離の長いそのパスは、ゲームにたしかなアクセントを与えた。

歩夢は、視野の広さをアピールしてみせたのだ。

つまり歩夢のやり方はこうだ。

自分はこういうことができます。

でもね、じつはこんなこともできるんですよ。

基本から応用。

臨機応変な動き。

プレーの幅の広さ、アイデアの引き出しの多さを次々に披露していく。

「やるな」

思わずつぶやいた。

今おこなわれているのは、あくまでU－15のセレクションだ。ひとりよがりな個人プレーは、結果をともなわない限り評価されないはずだ。判断がわるいと見なされれば、減点の対象にもなり得る。

スクールマスターの浦浩一郎はもちろん、バインダーを手にしたコーチたちは、真剣な眼差《まなざ》しをピッチに注いでいる。ベンチに座っている者などひとりもいない。まちがいなく歩夢に注目している。

歩夢は貴重な左利きのフォワードだ。

ポストプレーで味方を活かすことができる。スピードがあり、ドリブルが巧《うま》い。パスセンスがある。視野が広い。

そして、けっしてボールを失わなかった。

最初のゲームが終わり、いよいよおれら、レッドのビブスの出番がやってきた。

プレーするポジションについては、選手たちで話し合ったり、ジャンケンをしたりして決めるわけではない。そんなのバカげてる。事前にプリントされたフォーメーション図をコーチが見せ、各自がポジションを確認する。勝手な真似は許されない。

おれ、レッドのビブスの9番は、ツートップのフォワードの位置にあった。当然だ。

「よろしくね」

もうひとつのフォワードのポジションに入った、月人が声をかけてきた。

おれは黙ってうなずくにとどめた。

月人は話したそうだったが、無視した。

おれはここに友だちをつくりに来たわけじゃない。

サッカーをやりに来た。

ゴールを決めに来たんだ。

——ホイッスルが鳴り、レッドのビブスボールでのキックオフ。

おれは、初めてツートップを組んだ月人が、どのポジションへ入るかたしかめた。

フォワードと言っても、ポジションはさまざまだ。最前線のまんなかに入るセンターフォワード、そのセンターフォワードより少し後ろにポジションをとるセカンドトップ、サイドに開くウイング、といったように。

月人はセンターフォワードの位置に入った。

背が高いので、前線のターゲットになるつもりなのだろう。

さて、自分はどうすべきか。

おれは、サイドに開くつもりはなかった。

無論、月人に主役を譲り、やつのまわりを衛星のようにぐるぐるまわる、二番目のストライカーになり下がるつもりもない。

自分は常にチームの中心、名前のとおりチームの太陽であるべきだからだ。実際におれはそうしてきた。

レッドのビブスで最初にボールを受けたフォワードは、おれだ。

前線から中盤に落ちながら、味方のパスをもらいにいく。

人工芝で滑った速いボールを、くるぶしで押さえこむようにして自分のものにする。

パスをくれた味方のボランチがフリーで上がってくる。そこへパスをもどすポストプレーをする手もあった。

歩夢は最初にそのプレーを見せた。

しかしそれは、基本に忠実ではあるが、最も簡単な選択肢とも言える。つまり、ふつうなのだ。

歩夢との勝負に勝つには、同じプレーをしていたのでは、その差を埋めることはむずかしい。これまでのテストで後れをとっているのだから、なおさらだ。

一本目のゲーム、歩夢に唯一足りなかったのは、ゴールという結果だ。

歩夢は、たしかに目立ってはいたが、シュートを決めることができなかった。打ったシュートは二本。二本ともペナルティーエリアの外からで、一本目はキーパーに弾《はじ》かれ、二本目はバーに当たり、歩夢は天を仰いだ。

ゴールこそがフォワードの役目であり、最大のアピールになる。

そう信じたおれは、すばやく首を振り自分の背後に視線を送った。

といってもそれは一瞬のことで、イエローのビブスのマークを、背後のスペースをどうにか視野の端で感じとったにすぎない。敵のディフェンダーからすれば、おれに振り向かせないことが、守備の鉄則だ。

おれのマークについた、敵のセンターバックが背後から張りつき押してくる。身長はおれよりもずっと高い。わざと力を抜いたおれは、そいつの押す力を利用し、前のめりに倒れそうになりながらも、右足でボールをキープし、くるりとターンする。

これは、デカいやつには使えないテクニックだ。

対峙《たいじ》した一対一となればこっちのもんだ。

一瞬おれが止まると相手は右足をのばしてくる。

おれはすかさずそいつの股にボールを通した。得意な股抜きだ。有言実行。早くも面接での約束を果たしてやった。

呆気《あっけ》にとられた相手の脇をすり抜けボールに追いついたおれは、すぐにドリブルでゴール前へ仕掛ける。

自分より前にいるレッドのビブスの味方はひとり。

その味方である月人を、もう一枚のセンターバックがマークしている。

「どけっ！」

おれが叫ぶ前に、月人は進路を空けるように左へ、すっと流れた。

センターバックは一瞬迷いを見せる。

月人についていくべきか、それともおれにマークを移すべきか。

おれの選択肢は二つ。

スルーパスを月人に通す。

自分でそのままペナルティーエリアに進入し、シュートまで持ちこむ。

敵と並走する月人のからだの向きはよいとは言えない。ゴールに向かって半身《はんみ》の姿勢になっておらず、中途半端にからだが開いている。

——ポストプレーでもしようってのか？

センターバックは月人から離れなかった。

おれより、月人のほうをマークすべきと判断したようだ。

ならばチャンスだ。

おれは前へ、突っかける。

が、右からサイドバックが中央へしぼって、迫ってくる。

そいつはかなり足が速い。

背後からも近づく敵の気配を感じる。

おれは、瞬時にプランを変えた。

フォワードのライバルは、なにも沢村歩夢だけじゃない。シャトルランで二位になった月人も、今やそのひとりだ。からだのデカい月人が、あそこまで粘りを見せるとは正直驚きだった。おそらく学力テストの成績もよいはずだ。

ならば味方といえども、このゲームで蹴落とし、沈んでもらうしかない。

おれは、月人にパスを送った。

利き足ではない左足を目がけ、強めのパスを。

月人は左足をのばしてトラップしようとして、ぶざまにボールを浮かせてしまう。

月人をマークしていたセンターバックが、そのボールをヘディングで奪い、ゴールから遠ざけ、チャンスは消えた。

「あーっ」

おれは嘆き、悔しそうなジェスチャーをとった。

「――ごめん」

月人はすまなそうに顔をゆがめる。

謝る必要なんてないのに。

おれは、ほくそ笑んだ。

なぜならミスするように、わざと苦手な左足を狙って強いパスを出したのだから。

これで月人の評価は下がっただろう。

おれはすぐにプレーにもどった。

その後も月人はミスが続いた。

おれが罠《わな》を仕掛けたわけではなく、言ってみれば自滅したのだ。最初のプレーでミスを犯し、自信を失ったのかもしれない。あるいはもともとその程度のレベルなのだ。

これで、大原月人は消えただろう。

ずるいやり方かもしれないが、これまで多くのセレクションを受けてきたおれだって、やられた経験がある。味方といえど、ライバルなのだ。プロになるためなら、それくらいやって当然だ。

おれは、今度は自分のポイントを稼ぐために、シュートを狙いにいった。そのためにはゴールに近づく必要があり、ペナルティーエリアへの進入を目指した。

でも、ドリブルがいつものように通用しない。

ひとり抜いても、すぐに二人目がすばやく寄せてくる。

球際《たまぎわ》も激しい。無茶してケガするわけにはいかない。

気がつくと、敵のディフェンダーのマークの比重が、背の高い月人から、小柄なおれに大きく移っていた。月人の化けの皮が剝がれ、怖さを感じなくなったせいだろう。

しかしそれはおれの誤算でもあった。

「9番マーク！」

ゴールキーパーがおれのビブスの番号を何度も叫んでいる。

「やらせんなよ、9番に」

敵のセンターバックがボランチに声をかける。

名誉なことだが、ありがたくはない。

マークが集中するおれに、味方からのボールが入らなくなってきた。

おれはマークを外すための動きをくり返した。

ディフェンダーと駆け引きをしてフリーになり、「ヘイ！」と味方に叫ぶ。

でも、自分のほしいタイミングでパスが出てこない。

インターセプトをおそれ、勝負の縦パスを出せないのだ。

——腰抜けどもが。

心のなかで毒づいた。

味方の中盤の選手は、パスではなく、ミドルシュートの選択が多くなった。自分でゴールを決め、アピールしたいらしい。

シュートを決めるべきポジションは、いったいだれなんだ？

そう怒鳴ってやりたかった。

力のないシュートをキャッチした敵のゴールキーパーが、オーバースローでサイドバックにボールを投げる。

そのボールを懸命に月人が追いかける。

でも追いつく前にパスを出される。

それでもまた追いかける。

——さっきから、おまえはなにをやってんだ。

おれは苛立った。

月人はずっと走り回っている。

試合時間20分は、あっという間に過ぎてしまった。

とめどなく汗があふれてきた。

二試合目はグリーンのビブスと対戦した。

試合はまたもやスコアレスドロー、0対0で終わった。

試合開始早々、太陽がドリブルでゴール前へ仕掛け、シュートを放ったものの、ゴールキーパーの好プレーに阻まれてしまった。

その後、太陽は何度か自分で突破を図ろうとしたが、敵は二人がかりでマークし、太陽のドリブルを阻んだ。

ぼくにはシュートチャンスが訪れなかった。待っていてもパスは来ない。ゴール前で動き直しをくり返すが思うようにいかない。たぶん何度もミスをしたせいだ。

それでもなんとかシュートを打ちたかった。それには前線で自分でボールを奪うしかない。チャレンジを続けたが、敵はなかなかミスをしてくれなかった。

悔やまれるのは、一試合目のあのプレーだった。

ぼくは絶好のチャンスでミスを犯した。せっかく太陽がゴール前でパスをくれたというのに、トラップを大きく弾ませてしまった。

ただあのときぼくは、利き足である右足にボールをもらいたかった。ぼくには敵のセンターバックがマークについていたから、右足のワンタッチで太陽にボールを返すことも考えていた。もちろん、自分でシュートを打つことも……。

太陽のパスは、ずれてしまったのだろうか。

いや、太陽ほどの選手があそこでミスするとは思えない。

ぼくを左利きだとかんちがいしたのだろうか？

——それとも……。

太陽には、ちがう狙いがあったのかもしれない。

いずれにしてもぼくのミスだ。左足でそのままシュートを打てなくても、しっかりトラップさえできていれば……。

その後もぼくはミスを重ねた。

多くは基本的なミスでもあった。

正直言って、ぼくにはレベルが高すぎる。

でもそれは、最初からわかっていたことだ。

それにしてもみんな、うまい。

うまい人とサッカーをやることが、こんなにも楽しいと初めて知った。もちろんピッチのよさもあるが、みんなうまいからミスでボールを失うことは少なく、意図したプレーが連続していく。こだわりのあるプレーが随所に感じられる。ぼくのミスもカバーしてくれる。

初めて一緒にプレーしているというのに、やりやすいのは、サッカーという共通言語でつながっているからかもしれない。その言語が片言ではなく、いわば冗談すらまじえて交わされていく。こういった仲間たちとサッカーができれば、それだけ高次元のサッカーの楽しさというものを味わえる気がした。

こんなにみんなサッカーがうまいのは、それだけボールに触ってきたからだろう。

そして、同じチームで太陽とフォワードを組めたことは、ぼくにとって大きかった。小柄ながら太陽のプレーは、雄弁だ。タイプは異なるが、とても参考になる。相手の逆をとるプレーがうまく、予想を超えたプレーを見せる。一緒にやっていて、わくわくした。

けれど二試合目の途中から、太陽は苛立ちを表に出しはじめた。ぼくに対しても物足りなさを感じたのだろう。自分でドリブルで仕掛ける場面が多くなった。そんな太陽に対して、チームメイトからも批判の声が飛んだ。

でも、それは仕方のないことでもある。このゲームはセレクションだということを忘れてはいけない。

フィジカル測定と学力テストでは、ぼくはまずまずの成績を残せていた。でもやはり、決め手になるのはゲームでのプレーであることはわかりきっている。今までのゲームでは、自分のよいところはほとんど見せられなかった。

太陽にしてもそうかもしれない。

ただ、突然サッカーがうまくなることはあり得ない。

だとすれば、自分はなにをすればいいのだろうか。

水分を補給し、ぼくはピッチに視線を移した。今できることをするしかない。それは対戦相手の試合を見ることだろう。同じフォワードである沢村歩夢のプレーはやはり気になる。

とはいえ、フォワードであるぼくが見るべきものは、次に対戦する歩夢のチームの守備陣についてだ。どのような守り方をとってくるのか。とくに対峙するセンターバックをよく観察することにした。

ぼくのマークにつくであろう彼らのプレースタイルに注目した。どんなプレーを選択し、どんなプレーを選択しないのか。あるいはプレーにどんな癖があるのか。

注目したブルーのビブスのセンターバックのひとりは、ロングボールを蹴らずに後ろからしっかりビルドアップを心がける選手だ。おそらく所属するチームがボールの支配率を高める戦術をとっているのだろう。むやみに蹴らない、というルールがあるのかもしれない。

選手間で話し合っているのか、ブルーチーム自体がポゼッションを重視するプレーを随所に見せていた。それは日本代表のプレースタイルでもある。ゴールキーパーはゴールキックでアバウトに大きく蹴らず、まずはディフェンスラインに確実にパスでつなぐ。そのせいか、センターバックがゴール近くでボールを持つ間ができる。

敵のフォワードが寄せてくると、センターバックは早めにパスを出す場合もあるが、その逆をとるプレーが際立った。ディフェンダーながら個人技に自信があり、そのことをアピールしたいのかもしれない。

フォワードにはフォワードの、ディフェンダーにはディフェンダーのアピールの仕方があり、それを実行して見せる必要があるわけだ。ふつうのプレー、簡単なプレーばかり選んでいてはアピールするのはむずかしい。

何度も追いかけるが逆をとられてしまう敵のフォワードは、疲れたのか顔をしかめていた。センターバックはよりボールを保持する傾向が強くなり、ボールを持つ間が長くなった。

試合は、沢村歩夢の活躍でブルーのビブスチームが先制した。

ぼくはセンターバックのプレーに注目し続けた。

☀

「それでは、今日最後のゲームになります」

うなだれたおれの耳に、コーチの声が響いた。

次の六本目の試合は、おれと月人のいるレッドのビブスチームと、沢村歩夢のいるブルーのビブスチームの対戦。

沢村歩夢は前の試合、対イエロー戦で、1ゴール1アシストを決めたらしい。おれは試合をよく見ていなかった。

それに対しておれは、イエロー、グリーン戦の二ゲームでノーゴール。

明日も実技のテストは予定されている。

――でも、このままでは終われない。

なんとしてもゴールを挙げたかった。

そのためには前線へのいいパスがほしい。

所属するチームでなら、自然とフォワードの自分にボールが集まってくる。でも、ここではそうはいかない。

味方が味方ではない気すらしてきた。

みんな自分のアピールのために戦っている。もちろんセレクションだから、しかたない部分はある。けれど、それぞれのポジションには役割ってもんがあるはずだ。

同じチームの中盤の選手はとくに球離《たまばな》れが遅く、せっかくのゴール前でのチャンスを何度もふいにしてしまった。

フォワードは一瞬のチャンスに勝負をかけている。

その一瞬のために、シュートを打つためのスペースを見つけ、ディフェンダーと駆け引きをする。

へたくそな相手なら、どこまでもドリブルで突き進んでいけばいい。

でも、高いレベルの選手が集まった試合ではむずかしくなる。

ひとりを抜いても、すぐに次が迫ってくる。

結局、フォワードは受け手なのだ。

おれは痛感した。

——シュートへつながるパスが必要だ。

じゃあ、自分はだれから、そのパスをもらえばいいのか。

ゴールへの扉を、だれとこじ開ければいいのだろう。

顔を上げると、レッドのビブスを着けたチームメイトが見えた。

勝てないせいか、みんな元気がない。

そんななか、目が合ったのは、あいつだ。

ゴール前で、おれが利き足ではない左足を狙って出した強いパスをトラップミスしてからというもの、月人はここまでまるでいいところがない。ゴールどころか、シュートさえ一本も打っていなかった。フィジカル測定や学力テストでいくら結果を出したところで最後のひとりに選ばれるはずがない。わるいが月人は、ほぼノーチャンスだ。

「なあ、おまえってすごくデカいけど、宇宙人？」

おれから話しかけた。

「え？　まさか」

「だっておまえの名前、『月』に『人』って書くんだろ？」

「ツキトって読むんだよ」

「そうなんだってな、おれは、タイヨウ」

「知ってる。きみは太陽で、ぼくは月だ」

　月人が言った。

「へっ」とおれは笑った。

「じゃあ、おれらツートップは、〝太陽と月〟ってわけだ」

「そういうことになるね」

　答えた月人の口元が少しだけゆるんだ。

「なあ、次の試合、おれらでなんとかしようぜ」

　おれがそう言ったのは、月人の目が死んではいなかったからだ。静かに闘志の炎を燃やしているように見えた。

「そうだね」

「おまえ、シュート決めたいだろ？」

　黙って月人はうなずいた。

「だったら、おれにパスを出せよ。おれが決めたら、必ずおまえにもパスを出すから。どうだ？」

おれは、取引を持ちかけた。

「え？」と月人は不思議そうな顔をした。

「──じゃあ、はじめます」

コーチが笛を吹き、二人の会話はそこで途切れてしまった。

おれはレッドチームの選手に向かって、「ブルーの8番にだけはシュートを打たせるなよ」と釘を刺した。

「そない言うなら、おまえもゴールとれや」

大阪から来ているセンターバックがにらみ返してきた。

「だったら、おれにパスをよこせ」

おれは、黙りこんでいる中盤の選手たちに要求した。

レッドとブルーのビブスの受験者たちがポジションにつき、この日最後のゲームがはじまった。

月人は試合開始直後から、前線でボールを追いまわしている。

一試合目も二試合目もそうだった。

そんな真似をしても、ここに来ている連中からはボールを奪えやしない。ミスを誘うつもりだろうが、フォワードとしてアピールするための優先順位としては、高いとは言い難《がた》い。

——それとも、狙いでもあんのか？

——いったい、なにをしたいんだ？

おれは無理に追いかけず、見て見ぬふりをした。

シュートを打つために体力をなるべく温存するべきだ。

ブルーチームでは、前の試合でゴールを決め、チームの信頼を得た沢村歩夢にぜんボールが集まりだした。歩夢にゴールを決めてもらい、アシストで自分の点数を稼ぐつもりだろう。歩夢は前線に張っているタイプのフォワードではなく、自由にピッチを動きまわり、神出鬼没だ。

試合がはじまってしばらくして、主審がゲームを止めた。

北海道から来ている味方のボランチが足を押さえてうずくまっている。

「だいじょうぶかな」

近くにいた月人が、心配そうな顔でつぶやいた。

どうやらケガをして試合続行が困難なようだ。

「気の毒だけど、やつはこれで終わりだな」

おれは髪をかき上げ、冷たく言い放った。「ここへは、富士山見物に来たようなもんさ」

ケガをした選手の代わりに、アカデミー生がレッドのビブスを身に着けピッチに入った。

——笛が鳴り、試合再開。

アカデミー生はさすがにうまかった。

それに自分がテストされているわけではないので、ポジションの役割に徹してくれる。なにより中盤でボールがまわるようになった。

——これはチャンスだぞ。

ブルーチームが攻めこんだ際、アカデミー生がボールをインターセプトする。これまでは、そこから球離れがわるく、ドリブルで持ちすぎたり、不必要なバックパスで時間をかけたりしていた。

しかしアカデミー生は、シンプルに敵のディフェンスラインの裏へロングボールを蹴ってきた。

おれは下がっていたため、ボールの落下点に追いつきそうもない。

前には、ブルーのビブスのディフェンダー二人にマークされた月人がひとり、ゴールを背にして張っている。

そのとき、月人と目が合った（気がした）。

おれはペナルティーエリアの手前、月人の斜め横へ走りこんだ。

二人のディフェンダーにはさまれるかっこうで、月人がジャンプする。

見上げると、月人の額にボールが当たり、おれの前へ落ちてくる。

――サンキュー！

腹ぺこのときにビッグマックが空から降ってきたような気分だ。

そのボールをのばしたスパイク、足の甲でやわらかく受けとめ、おれはゴールへとまっしぐらに仕掛けた。

ゴールキーパーは前に出ている。

おれはボールの真下にスパイクのつま先を「ツン」と入れた。

ループシュートが弧を描き、キーパーの頭上を越え、ネットに吸いこまれていく。

――もらった。

おれは心のなかでつぶやいた。

主審の笛が鳴る。

ゴールの笛だ。

振り返り、月人を見た。

高い打点でのヘディングは、まちがいなくおれを狙ったパス、つまりはアシストだ。

月人は微《かす》かにうなずいたようだ。

「ナイスゴール！」

ロングパスを蹴ったアカデミー生が両手を挙げ、拍手していた。

ほかの味方選手たちからも声が上がった。

――よし、勝負はこれからだ。

おれは気合いを入れ直した。

しかしその直後、ブルーチームがキックオフから逆襲を見せる。

攻撃の中心には歩夢がいた。

それまではツータッチ以内でプレーしていた歩夢は、突如ドリブラーに化けた。

クリスティアーノ・ロナウドが得意な〝シザース〟と呼ばれるまたぎフェイントでアカデミー生を鮮やかに抜き去り、最終ラインの前を横切るように動いた。

シュートモーションに入った歩夢に、たまらず大阪弁のセンターバックが足をのばす。その股間を通して左足でシュートが放たれた。

人工芝を滑るグラウンダーのボールは、ゴールキーパーの指先をかすめ、あっけなくゴール右隅に決まってしまった。

――股抜きゴール。

これで歩夢は、通算2ゴール。

追いついたと思ったとたんに、また差をつけられてしまった。

おれは舌を鳴らし、「くそっ」とつぶやいた。

「まだ時間はあるよ」

声をかけてきたのは、月人だ。

はやる気持ちを抑えきれず、おれはキックオフの位置に急いだ。

主審の笛が鳴る。

「おれに出せよ！」

ボールを後方にいる月人にパスし、そのまま斜め前に向かって走りだした。

少しでも早く、少しでもゴールに近い位置でボールをもらいたかった。

それなのに月人からのボールは飛びすぎて、敵のセンターバックにヘディングでクリアされ、タッチラインを割ってしまった。

でもそこから、スローインされたボールが、左サイドにポジションを移した前線のおれにまわってきた。

敵のディフェンダーは、なかへ入るコースを切ってくる。

ならば、とおれはサイドライン沿いに縦にドリブルで仕掛ける。

スピード勝負で敵陣深く進み、急停止、再び急加速。ビブスをつかまれるが、その手を払いのけ、振り切る。

そしてゴールラインぎりぎりでドリブルのコースを変え、今度はペナルティーエリアのなかへ。

「太陽！」

おれを呼ぶ声が聞こえた。

ディフェンダーの背後をうまくとった月人がバックステップを使って、ゴールからマイナス方向へ動き直し、フリーになる。

月人はここへパスをくれと、自分の前のスペースに両手を差し出す。

おれから見ても、ゴール前での絶好のポジションどりに映った。

試合前の約束を忘れたわけではなかった。

おれは、月人のアシストでゴールを決めた。

今度は、自分がパスを出す番だ——。

でも、その声を振り切るように、おれは角度のない位置から強引に右足でシュートを放った。ボールが突き刺さったのは、サイドネットの外側だった。

「チッ！」

思わず舌が鳴る。

うるさいくらい自分の心臓の鼓動が高鳴り、酸っぱいものがこみ上げてくる。

顔を上げると、月人が見えた。

肩を落とし、がっかりしている。

おれは悲しげな長身フォワードから目をそらした。

今の場面、シュートが成功する確率は何パーセントあっただろうか。

面接の質問を思い出し、思わず天を仰いだ。

「切り替えようぜ」

味方の声が聞こえた。

おれはなりふりかまっていられなくなった。

ドリブルで持ちすぎる味方には、「よこせ！」と怒鳴った。

そのくせ、自分でも持ちすぎてボールを奪われてしまう。

時計の針が進んでいく。

汗がハラハラと自分の頰からはがれ落ちていく。

そのしずくの光が見えた。

キラキラと輝いていた。

まるでこっちに到着したときにリゾート施設で見たクリスマスのイルミネーションみたいに。お母に見せたかった——。

ボールは中盤を行ったり来たりで、なかなか前線までやって来ない。

そうかと思えば、不正確なミドルシュートが頭の上を通過していく。

「なにやってんだよ！」

おれは味方に怒鳴った。

「おまえこそ、決めろよ！」

怒鳴り返された。

——負けたくない。

その想《おも》いが胸の内で次第にふくらんでいった。

——サッカーで最も大切なのはなんだ？

——なんなんだ？

自分に問いかける。

試合終了間際、チームにとって、もう一度決定的なチャンスがゴール前で訪れた。

あいかわらず月人は、敵のセンターバックを追いまわしていた。

じれたセンターバックがパスを出さず、月人の両足のあいだにボールを通して抜こうとした。

おれが月人に使った股抜きだ。

——が、月人は、それを待っていたかのように、足をすばやく交差させてブロックし、遂にボールを奪ったのだ。

月人は顔を上げ、シュートに持ちこもうとする。

が、なぜかシュートを打たずに、こっちを見た。

——打て！

心のなかで叫んだ。

まさかそこでおれにパスを出すとは思わなかった。

前のチャンスのとき、おれは約束を破った。

月人を裏切ったのだ。

何度もチャレンジをくり返し、やっと奪ったボールは、まちがいなく月人のものだった。

絶好のチャンス。

自分なら、絶対にシュートを打つ。

なのに、月人はパスを選択した。

ゴール前、フリーでパスを受けたおれは、とっさに左足でシュートを放った。ゴール右上隅に決まったかに思えたが、キーパーが指先でコースを変え、コーナーキックになる。利き足じゃなかったせいで、力が足りなかった。

「なんで自分で打たないんだ！」

おれは思わず叫んでいた。「自分で決めろよ！　フォワードだろうが！」

月人は、ばつのわるそうな顔をした。

――いや、それに、これはセレクションなんだぞ。

プロの選手になるためのサッカー受験だっていうのに。決めていれば月人は1ゴール1アシストの結果を得られたのに……。

レッドのビブスの10番がボールを拾いにいった。

もう時間が無い。

おれはコーナーキックに向かおうとした10番を呼び止め、「おれが蹴る」と言ってボールを奪った。

そして、月人と向かい合い、見上げた。

「いいか、おれが、おまえの頭に合わせる。ぜったいに決めろよ」

そう言うとコーナーフラッグへ急いだ。

フリーキックには自信を持っている。

でも、試合でコーナーキックを蹴るのは初めてだ。

なぜならおれはフォワードで、常にゴールを決める位置に立ってきたからだ。

白くペイントされたコーナーアークぎりぎりにボールをセットする。

顔を上げ、ゴール前を注意深く見る。

ゴールから遠いファーサイドに、頭ひとつ飛び出した月人がポジションをとっていた。

歩夢のやつがマークについている。

もう自分のゴールなんてどうでもよかった。

約束を守りたかった。

おれにゴールを決めさせてくれた、月人との約束を。

――試合に勝ちたい。

ここでゴールを決めれば、２対１で試合に勝てる。

チームを勝利に導ける。

このコーナーキックのチャンス、背の低いおれより、あいつのほうがゴールの可能性は高いはずだ。

月人なら、決めてくれるかもしれない。

おれはボールと月人を交互に見た。

そして、「ふーっ」と息を吐き、最高のボールを蹴るために助走に入った。

――月人のために。


「――来た！」

その瞬間を待ちわびていた。

追いまわし続けたセンターバックがイラついて、試合終了間際にぼくをかわそうとしたときだ。

ぼくはしつこくマークをしつつ、わざと脚を広げた。

すると試合前に感じた通り、ボールを持ちがちなセンターバックは、ぼくを抜きにかかったのだ。ディフェンダーながらテクニックに自信があり、それをアピールしたかったのかもしれない。

思い通りに誘いに掛かってくれた。

わざと広げた脚のあいだにボールが通される瞬間、両足を交差させるように右足を後ろに引いてブロックし、ボールを奪った。

狙い通りだった。

それは太陽に股抜きを食らったあと、悔しくて思いついた個人戦術だった。

試合中、敵のボールをインターセプトできるチャンスはそうあるものではない。そのままシュートを打ちたかったが、ゴールキーパーはすでにシュートコースに立ちはだかっていた。

それでも強引に打つべきだったのかもしれない。

フォワードならば。

けれど最後のチャンスに思えた。

その瞬間、視界の端に太陽が入った。

ぼくはシュートを打たず、太陽へのパスを選んだ。

自分で打つより、ゴール正面でフリーの太陽が蹴ったほうが、ゴールの可能性が高いと判断したからだ。

ぼくが決めなくても、太陽が決めてくれれば、勝てる。

——それでいいと思った。

パスは少しズレ、太陽はとっさに左足を振った。

ゴールキーパーの好セーブによりシュートは惜しくも外れた。

「自分で決めろよ！　フォワードだろうが！」

太陽が怒鳴った。

そのシーンを思い返していた。

——太陽の言ったとおりだった。

太陽が蹴ったコーナーキックのボールは、ぼくに向かって飛んできた。

——ここで決めるしかない。

ぼくは奮い立った。

ややカーブのかかったそのボールは、コースといい、高さといい、正確にぼくの頭に狙いが定められている。テレビの実況中継の解説者が口にする〝ピンポイントクロス〟というやつで、まさにぼくのためのボールだった。

ヘディングが苦手なのも忘れて、自分の額をボールに差し出そうとした。

「クリアー！」

敵のゴールキーパーが叫ぶ。

太陽からのボールが額に当たる瞬間、からだをぶつけられ、目をつぶってしまった。

聞こえたのは、甲高い「カーン」という音。

ボールがゴールのバーの上を叩いたのだ。

ぼくのヘディングシュートは外れてしまった。

体勢を崩したぼくは着地に失敗し、ピッチに倒れこんだ。

そして、試合終了のホイッスルが鳴った。

「あー」という声が聞こえた。

これまでも何度も耳にした残念そうな声だった。

「おい、だいじょぶか？」

ぼくにからだをぶつけてきたのは、ブルーのビブスの8番。危険を察知したフォワードの歩夢がマークについていた。笛が鳴らなかったのだから、正当なチャージの範囲内ということになる。

試合が終わった瞬間、歩夢は左手を握りしめるガッツポーズをとっていた。

ゲームは1対1の引き分けに終わった。


コーナーフラッグの近くに、ぽつんと太陽が立っていた。

「ごめん」と謝ろうかと思ったが、やめた。

ぼくは精一杯プレーした。悔しいけれど、これが今の自分の実力なのだ。

視線に気づいた太陽は、ぼくをまっすぐに見つめた。

初めてピッチで会ったときのように、にらんでいるような顔つきをしていた。

歩き出した太陽は、どんどん近づいてきて、ぼくにぶつかりそうになり、直前で立ち止まった。

なにを言われるのだろうと身構えた。

「――ごめん」

太陽が言った。

「──え、なんで？」

「おれ、初めて会ったとき、おまえに言ったよな。『デカいだけかよ』って」

「ああ、覚えてたんだ？」

思わず口元がゆるんだ。

「あれ、まちがいだ」

太陽は汗の浮いた鼻の下を指でぬぐった。

「まちがいって？」

「おまえはデカいだけじゃない。おれにないものを持ってる」

その声は風のように、ぼくの心を吹き抜けた。

「でもな、きっとおれも持ってる、おまえにはないものを」

「知ってるよ」

ぼくは太陽の目を見つめた。

その瞳には、強く輝く光が宿っていた。まるで太陽のコロナのように。

「──アシスト、サンキューな」

太陽が右手を差し出した。

「うん」

「惜しかったな、ヘディングシュート」

「ありがとう、いいボールだった」

ぼくは、太陽の右手を握って言い直した。

「いや、最高のボールだったよ」


二日目の夜、夕食後に、指定された人数に分かれてひとつのテーマにとり組む、グループワークをおこなった。

もちろん、これもテストのひとつだ。

ぼくは歩夢と同じ組になった。

コーチから出された課題は、ふだんのサッカーのトレーニングではやったことのないユニークなものだった。

まずは、五人ひと組のグループに同じ量の新聞が配られ、その新聞紙だけを使って、できるだけ高いタワーをつくることを求められた。

受験者たちはかなり戸惑った様子だ。

ぼくらはグループで相談をはじめたが、意見がなかなか出てこない。

そこでぼくが、紙でできることを挙げてみた。

「紙って、折ること、まるめること、くしゃくしゃにすること、切ることなんかができるよね」

すると歩夢が、「だったら、筒状にまるめて立てたら？」と言った。

「でもどうやってつなげる？」

「切れこみを入れて、つなげたらどうだろう？」

思いついてぼくは提案した。

するとほかのメンバーからも次々にアイデアが出てきた。

やり方は多数決で決め、一番高いタワーをつくることができた。

「やったね！」

ぼくは声を上げた。

サッカーの試合に勝ったときのように五人で手を合わせ喜び合った。

次の課題は、逆さまになったバケツの底に置いてあるピンポン球とビー玉をそれらに触れることなく、バケツのなかになるべく早く入れよ、というもの。バケツはビニールシートの上に伏せられた状態となっている。

一問目と同じく、ぼくらは意見を交わし、方法を決めて実行した。

ぼくたちのチームは、このグループワークでも一位になった。

「チームワークの勝利だな」

歩夢が胸を張った。

グループでは、学校で学級委員をやっているぼくと歩夢がリーダーシップを発揮し、みんなで意見を出し合い、協力し合うことができた。

足並みのそろわない太陽たちのグループは、どちらも最下位に終わってしまった。

太陽は浮かない表情でそっぽを向いていた。

こういうことは苦手らしい。

翌日は朝食後、実技。

再び人工芝のピッチでの試合。

歩夢は三試合で2ゴールを決めた。

太陽は1ゴール。

ぼくはなかなかシュートを打てず、いいところがなかった。

最後のゲームは、フォワードではなくセンターバックをやるようにコーチから指示された。

それは、フォワード失格を意味していたような気がする。

それでもぼくはぼくなりに最後まで集中を切らさず、ピッチに立ち続けた。

でも、慣れないポジションで失点につながるミスを犯してしまった。ダイレクトでクリアすればいいものを、トラップしてボールを弾ませ敵に奪われてしまったのだ。自分に足りないものがなにか思い知らされた。

試合のあいだに、ロッジでは保護者面接がはじまっていた。ぼくの場合は、両親が来る予定になっていた。

実技終了後、シャワーを浴び、各自部屋の荷物を持って中庭に集合した。気がつけば、合宿のすべての日程が終わっていた。

お世話になったコーチ一人ひとりから話があった。

最後に、「それでは、これで解散します」という言葉を聞いたとき、ほっとしたような、さびしいような複雑な気分になった。

みんなとの別れ際、歩夢にメールアドレスの交換を申しこまれた。

なぜ自分なんかの連絡先を聞くのかと正直疑問に思った。

自分はこの合宿の参加者のなかで一番下手だと自覚していた。

「楽しかったよ」

歩夢は右手を差し出した。

「ぼくも楽しかった」

「シャトルランのときさ、おれ、正直余裕で一位だと思ってた。いつもそうだから。初めてだよ、やばいって本気で焦ったの」

仲間内で合格者の最有力候補に挙げられた歩夢は、そう言って笑った。

「そういえば、月人はトレセンに呼ばれたことないって言ってたよな？」

「そうだよ」

「マジで？」

「一度もないよ」

「おかしいよな。指導者はどこに目を付けているのかね」

歩夢は呆れ顔で首を横に振ってみせた。

「たぶん、またどこかで会うだろ」

「そうかな？」

ぼくは聞き返した。

「きっと会うさ。どこかのピッチの上で」

そんな歩夢の言葉は、ぼくにとって最高の励ましとなった。なぜなら、ぼくのことをライバルとして認めてくれたと感じたからだ。

「そうできるように、がんばるよ」

ぼくは笑顔で答えた。

「ああ、お互いがんばろうぜ。じゃあ、またな」

歩夢はうなずくと背中を向けた。

彼の向かった先には両親らしき大人の姿があった。

そこにたどり着くまでに何人もの受験生から声をかけられ、挨拶を交わしていた。

最後に太陽にもひと言お礼を伝えたかった。

太陽からもたくさんのことを学ばせてもらったからだ。

でも彼の姿は見当たらず、しかたなく保護者面接のために来ているはずの両親を見つけに、待ち合わせ場所のクラブハウスへ向かった。

しかし、そこには二人の姿はなく、なぜか晴男が待っていた。

「父さんたちは？」

晴男は、「ちょっとな」と答えた。

「ちょっとって、どうしたの？」

「お父さん、仕事で来られんようになった。母さんひとりじゃ、わけわからんだろ。だから頼まれてわしが来た」

「じゃあ、保護者面接は？」

「受けたさ」

「え、ひとりで？」

晴男はうなずき、「よくがんばったな、月人。お疲れさん」と第一関節の多くが曲がったままの手をのばし、ぼくの肩を叩いた。

晴男は面接について、語ろうとしなかった。

二人で向かった駐車場の一番端に、見慣れた軽トラックが停まっていた。

「こんなところまで、よく軽トラで運転してきたね。晴じいこそ、疲れたでしょ」

ぼくは驚くと同時に笑ってしまった。

そして、よくぞ来てくれたと感謝した。

「なーんも、たいしたことない。それより腹へっとらんか？」

「まだ平気」

「じゃあ、ぼちぼち行こか。高速の途中のサービスエリアにでも寄ろう」

晴男は先に運転席に乗りこんだ。

ぼくは足が前に出ず、立ち止まった。

なんとも言えぬ名残《なごり》惜しさがあったからだ。

振り返ると、そこにはさっきまで自分がプレーしていた人工芝のピッチが見えた。

そしてその向こうに、日本一高く美しい山がどかんとある。

その姿を目に焼きつけた。

ここでの三日間は、自分にとって夢のような時間だった。

素晴らしい環境のなかで、すごいライバルたちと一緒に、サッカーを通して競い合った。結果はどうであれ、自分というプレーヤーをじっくり見てもらえた気がした。これまで一緒にプレーしたことのなかったレベルの高い選手たちのなかで、ぼくにだって通用するところがあった。もちろん、歯が立たないところのほうが多かったけれど。

なによりこのセレクションを通して、自分自身を見つめることができた。

軽トラックのドアに手をかけたそのとき、聞き覚えのある声がした。

ピンクの軽自動車が駐車場の出口へ向かう途中で停まっている。

「おい、〝ゲット〟。またなぁー」

助手席の窓から身を乗り出しているのは、太陽にちがいなかった。

「──ゲット？」

「おまえもがんばれよ！」

「ちがう、ぼくはツキトだよ！」

「え？　なんだって？」

「だからツキトだって！」

叫び返したが、手を振る太陽を乗せた軽自動車は動き出してしまった。運転しているのは女の人で、おそらく太陽のお母さんだろう。うちと同じで、お父さんは来られなかったようだ。

「友だち、できたんか？」

「うん、まあね」

ようやく助手席に乗りこんだ。

「あの子、おまえのこと、ゲットって呼んどったな」

「そうなんだよ。ツキトだって教えたんだけどね」

「いや、ちがわんぞ」

晴男はハンドルをポンと叩いた。「そういう意味でもある」

「え？」

「月人と書いて、ゲットと読める。GETとは英語で、手に入れる、という意味だ。ゴールを奪う、そういうときにも使われる」

「そうなの？」

「〝ゴールゲッター〟って言うじゃろ」

「ああ、そういえば……」

「いい名前を考えついたもんじゃ」

晴男は口元をゆるめた。

「え、そういう意味だったの？」

「まあ、名前の隠された由来として覚えとけ。じいちゃんとおまえだけの秘密だぞ」

　晴男は笑い、軽トラックを発進させた。

　ぼくはあぜんとした。

「ところで、あの子、なんて名前だ？」

「小桧山太陽君」

「ん、太陽？」

　晴男は目を細めた。

「――そいつは運命かもしれんな」

「なにが？」

「月は、太陽を追いかける。そういうもんじゃろ」

「なにそれ？」

「あの子、うまいのか？」

「からだは小さいけど、すごいフォワードだよ」

「そうか、太陽もフォワードか。で、おまえはどうだった？」

　答えようとしたけど、言葉に詰まった。

　ようやく合宿が終わり、張り詰めていた緊張の糸がゆるんだせいかもしれない。

不意に両眼に涙が浮かび、窓の外の風景がぼやけた。

「どうした？」

「だめだったと思う」

正直に答えた。

「そうか、うまくいかんかったか」

「──うん」

「じゃあ、じいちゃんと同じだな」

「え？」

「月人、おまえに謝らにゃならん。じいちゃん、すまんが、面接でしくじってもうた」

「どうかしたの？」

「いやー、ほんとにすまん。質問にうまく答えられんかった」

「それって、どんな質問？」

「『お孫さんをプロのサッカー選手にしたいですか？』とコーチに聞かれた。じゃが、『はい、よろしくお願いします』とは言えんかった。じいちゃん、おまえがプロになれんでも、まっとうな人間になってくれればいい、そう思ったんよ。だからな、月人、今回の結果は気にすんな。落ちたら、じいちゃんのせいだと思え」

晴男の声はなぜかいつもより優しかった。

――でも、それはちがう。

わかっていた。

じいちゃんのせいなんかじゃない。

自分の実力が足りないだけだ。

うまくいかなかったのではなく、うまくなんてないのだ。

こらえようとしたが、まぶたから涙があふれだし、勢いよく頬を伝った。

「じいちゃんな、おまえに感謝しとる。じつは昨日から、こっちへ来て、サッカーをしているおまえたちの姿を見てた。いいもの見せてもらった。ここへ来られたのは、まちがいなく月人、おまえのおかげじゃ。この年になって、そりゃあ楽しい旅ができた。ありがとな」

――やめて。

とぼくは叫びたかった。

ぼくのほうこそ、感謝している。

晴男が教えてくれなかったら、まちがいなく自分はここへは来ていなかった。

プロのサッカー選手を目指している同じ年頃の者たちのなかで、自分が今どのあたりに立っているのか、肌で感じることはなかっただろう。

スピードの出ないオンボロの軽トラックは、高速道路の左端の車線をあえぐように走る。次々に車に追い越されていく。

でも、しっかり前に進んでいく。

「男は泣くもんじゃ、なか」

ハンドルを握る晴男の声がした。

でも、涙が止まらなかった。

悲しさや、悔しさだけで、泣いていたわけじゃない。

うれしくもあった。

これまで、サッカーでだれかに認められたことなどなかった。

トレセンに呼ばれたことは一度もなかったし、Jリーグのアカデミーのセレクションでは一次すら通過できず、チームではポジションを下級生に奪われもした。

でも、今回は書類選考を経て、JFAアカデミーの最終選考合宿に参加し、自分がすごいと思えるライバルたちと同じピッチに立った。

――上には上がいる。

そのことを肌で感じることができた。

でも、なにもできなかったかと言えば、そうではなかった。

なにより、彼らが認めてくれた。

ナショトレの沢村歩夢が――。

初めてピッチで会ったとき、憧れにも似た感情を抱いた、小桧山太陽が――。

ぼくがこの合宿で得た最大の収穫は、現実を知ったことかもしれない。

このままではだめなのだと、リアルに思い知ることができた。


「――なあ、月人」

晴男が口を開いた。

「じいちゃん、これまで何度も聞いたよな。おまえの夢はなんぞ、って。大人はそうやって、子供の将来の夢を聞きたがるもんさ。でもな、子供が大きくなるにつれ、夢についての質問はしなくなる。おかしなもんでな、夢の話題を避けようとする大人まで出てくる。きっと、叶わなかったときのことを心配してるつもりなんじゃろ」

「でも、それって、その子の夢だよね」

「そうなんよ。サッカーも同じこと。やるのは、子供。親やじいちゃんじゃない。

夢をみるのも、子供なんよ」

「――だよね」

鼻水をすすった。

「だからな、口にせんでもいい。自分のなかで夢を温めるという方法もある。でもな、だれかに自分の夢をわかってもらえば、そこから道が拓《ひら》ける場合だってなくはない」

「そうだね。そう思うよ」

「手を挙げて、挑戦することは大切ぞ」

「うん」

「ほなら月人、あらためて聞くが、今のおまえの夢はなんぞ？」

晴男はハンドルを握り、まっすぐ前を向いたまま尋ねた。

ぼくは鼻から息を吸いこみ、「プロのサッカー選手です」と答えた。

「まだあきらめんか？」

「うん、あきらめない」

「そうか、よう言った」

晴男は首を二度大きく縦に振った。

「夢を叶えるには、運が必要だ、そう言う人もいる。でもな、じいちゃんはちがうと思う。夢はな、偶然には叶えられんさ。月人、いいか、夢は必然ぞ」

「夢は必然？」

「そう、必ずそうなると決まっとる。それだけの努力をした者にしか、奇跡は起こせん」

「奇跡？」

初めて聞く話だったが、そうかもしれない、とぼくには思えた。

たぶん、宝くじに当たるのは、夢を実現したとは言わない。

夢とは、自分でつかむものだ。

「今回おまえは、その夢との距離を自分自身で感じたはずだ。それでもあきらめないと言うなら、じいちゃんはとことん応援する。口だけでなくな。この三日間の経験は、おまえが壁にぶちあたったとき、きっとおまえを支えてくれるだろう。そういう経験は、それこそ目に見えない宝よ。人生の宝を持ってる者は、えらく強いぞ」

「はい」

「サッカーができることを、あたりまえと思うな。やりたいことや、好きなことができない子だってたくさんいる。世の中が平和だからこそ、スポーツを楽しめるんよ。感謝の気持ちを忘れたらいかん」

晴男がなにを言いたいのかわかった。

東日本大震災が起きたあと、ぼくもしばらくサッカーができなかった。中止になった大会もあった。クラブを休部した子もいた。

そのあいだは、とても長く感じた。

――でも今は、サッカーができる。

「ねえ、晴じい」

「なんだ？」

「晴じいにも、夢はあるの？」

「おお、いい質問だ」

晴男は声に出して笑った。

「この年になると、『あなたの夢はなんですか？』なんて、だれも聞いちゃくれん。そのくせ、子供には夢を聞きたがる。でも、大人になっても、じじいになっても、夢を持たんとな」

「そうだね」

　ぼくは、クスッと笑った。

「もちろんあるさ」

　晴男は背筋をのばす。

「へえー、あるんだ？」

「ばあさんがあの世に逝ったとき、じいちゃんはとても悲しくてな。生きる気力もなくなって、なにも手につかなんだ。でもな、しばらくして希望が生まれた。その希望とは、月人、孫のおまえのことぞ。おまえは、じいちゃんがそうだったように、サッカーをはじめた。じいちゃんの時代は、Jリーグなんちゅうもんはなかったけども、サッカーが大好きだった。だが、ケガをしてしまった」

「そのときもゴールキーパーだったの？」

「ああ、大学でプレーしてた」

「そんなに長くサッカーやってたんだ」

「まあな」

「どうしてケガしちゃったの？」

「ある日の試合、すごいフォワードだと言われる選手のシュートを受けた。右足から放たれた強烈なシュートじゃった。じいちゃん、負けるもんかとボールに飛びついた。シュートは、じいちゃんの両手を弾いてゴールネットに突き刺さった」

「そんなにすごいフォワードだったの？」

「ああ、そのフォワードは、その後、日本サッカー史上最高のストライカーと呼ばれる存在になった」

「じゃあ、元日本代表とか？」

「もちろんさ。おまえらの世代は知らんだろうが、敵に回したら、ごっつおそろしいフォワードよ。そのシュートで、じいちゃんの指は粉々になってもうた」

もちろん、初めて聞く話だった。

ゴールキーパーにとって、おそろしいフォワードとは、いったい……。

「終わった、と思った。そのときも同じようにひどく悲しかった。社会人になってからもサッカーを続けたかったからな。もちろん、プロのサッカー選手になるというのは、月人自身の夢。じいちゃんの夢じゃなか。でもな、じいちゃん、その夢の行方を見守り、応援したい。そう強く思っとる」

晴男はそれだけ話すと、黙ってハンドルを握った。

あいかわらず右側車線を車が勢いよく追い越していく。それでも晴男はスピードを上げたり、車線を変えたりはしない。マイペースで地道に進んでいく。

ぼくは唇を結んで前を向いた。
前には三車線の道路が続いている。どの道を進もうが自由だ。
大切なのは、自分で選ぶことだ。
またいつか、この合宿で出会った仲間たちと会いたい。
沢村歩夢に。
小桧山太陽に。
でも、なぜか会える予感がした。
サッカーを続けてさえいれば。
いつかどこかのピッチで――。
きっと。
その日を楽しみに、サッカーをしよう。
ぼくはもう泣いていなかった。

朝、霜柱が立った十二月十四日、学校から家に帰ると、日本サッカー協会から、大原月人宛に封書が届いていた。

表書きには、「『JFAアカデミー福島』最終選考試験結果 在中」とあった。

ぼくは自分の部屋でひとりになって、封筒にハサミを入れた。

なかには三つに折りたたまれた紙が一枚だけ入っていた。

——一枚だけ。

左上には、大原月人 様 保護者 様、そして受験番号。

右肩には、スクールマスター浦浩一郎の名前が印字されている。

拝啓
時下ますますご清祥の段、お慶び申し上げます。
このたびは「JFAアカデミー福島」の選考試験にご参加いただき、ありがとうございました。

さて、選考試験の結果ですが、誠に残念ながら、貴殿は合格することができませんでした。

選考には経験豊富なコーチングスタッフで臨みましたが、優秀な選手が多く、非常に厳しい選考となりました。貴殿は、現時点では合格となりませんでしたが、これからの努力次第で合格者以上に成長する可能性はじゅうぶんにあると考えられます。また、これで将来のサッカー選手への道が閉ざされるものではなく、さまざまなルートでその道は開かれています。ぜひこれからも夢をあきらめずに、がんばってください。

保護者の方には、ぜひお子様を励まし、勇気づけ、目標に向かって今後もサッカーが続けられるようサポートしていただければと、心から願っております。

敬具

一文字一文字、嚙《か》みしめるように手紙を読んだ。

感情が高ぶることはなかった。

静かに結果を受け入れることができた。

もしかしたら、ぼくにとってあの三日間は、これまでで一番自分の夢に近づいた時間なのかもしれない。そう感謝さえした。

そして手紙に書いてあるように、まだ終わったわけではない。

道は閉ざされたわけではない。

サッカーのエリートコースと呼ばれる、Jリーグの下部組織やJFAアカデミー福島には入ることができなかった。

自分の実力からすれば、当然の結果だ。

じゃあ、これからどうすべきか。

ぼくは、背のびをするのではなく、自分に合った、サッカー選手への道を探そうと思う。

読み終えた手紙は、封筒にもどさなかった。

いつでも目につくように、自分の部屋の壁に画鋲《がびょう》で留めた。

そして、いつものようにサッカーの練習へ出かけた。

団地の階段に腰かけ、おれは日本サッカー協会から届いた手紙を手にしていた。

「選考試験の結果ですが、誠に残念ながら、貴殿は合格することができませんでした」

そこまで読んで、舌を鳴らし、ため息をついた。

受かったとは思っていなかった。

けど、簡単には受け入れがたかった。

第二回の募集は、あくまで追加募集であり、募集人員は若干名と書かれていた。

受験の際に、ひとりの場合もあると聞いていた。

けれど、腹が立った。

通知の結果にではなく、自分自身に――。

お母は、昼のパートからまだ帰っていない。帰りの車のなかで三日間の合宿の話を聞かれても、詳しくは話さなかった。

お母もそれ以上聞こうとはしないでくれた。

おれは助手席ですぐに眠ってしまった。

短い夢のなかで、なぜかおれは、お母と一緒にクリスマスのイルミネーションで飾られたリゾート施設を歩いていた。手をつなぎながら。お母の反対側の手は、大地とつながれていた。なにがおかしかったのか、三人で笑いながら歩いた。

目が覚めたとき、「なににやけてたの？」とお母に聞かれ、思わず「うるせえよ」と言い返してしまった。

本当なら、「来てくれてありがとう」と言うべきなのに。

お母は、面接で聞かれたことを笑いながら話した。

もし、息子さんが合格して六年間親元を離れることになっても問題ないか質問されたそうだ。お母は、「まったく問題ありません。せいせいします」と答えた。面接官の二人は困ったような顔で笑っていたらしい。

帰宅して大地から聞いた話では、これまでサッカー合宿でおれが家を離れることが何度もあったのに、今回お母はずっと心配していたそうだ。あまりに塞《ふさ》ぎこんでいるので、「だったら、早めに見に行けばいいじゃん」と大地はけしかけた。お母にとっては、まだまだおれは心配な子供だって話だった。

「それでどうだったんだよ？」

大地は上目遣いで聞いてきた。

ふだんサッカーの話はしたがらないくせに、気になったようだ。

「ダメだったよ」

「そうか……」

「すげえやつらが集まって来てた」

逆におれはあまり話したくなかったが、そう答えた。

「そいつらと比べて、おまえは？」

「どうなんだろうな……」

曖昧に答えたおれに、「おまえもすげえから、そこに行けたんだろ」とめずらしく大地は気を使ってみせた。

黙っていると、「チャンスがある限りがんばれよ」と言われた。

返す言葉を思いつけず、「まあね」と答えた。

本当は「兄貴もな」と言ってあげたかった。

大地はそそくさと着替え、踵《かかと》をつぶしたスニーカーをつっかけて家を出て行った。

サッカーのスパイクやトレシューの踵は絶対に踏まなかったくせに。

結局、だれが受かりやがったのか、そのことが気になった。

たぶんあいつだ。

――〝ポム〟のやつ。

沢村歩夢だろう。

いや、ひょっとしたら、あいつかもしれない。

自分にはないものを持っているフォワード、大原月人。

歩夢は、おそらく強豪クラブに所属し、ナショナルトレセンに選ばれ、恵まれた環境でサッカーエリートとして歩んできたはずだ。そういう意味では、経験は、月人はもちろん、おれよりも豊富だ。

レフティーの歩夢は、言ってみれば天才のようにも映った。

一方、長身の月人はといえば、トレセンにも選ばれず、たいした実績も経験もない、いわば雑草だ。そんなやつに自分が負けるとは思ってもいなかった。

だが実際に、シャトルランでは二人に負けてしまった。

考えてみれば月人は、経験がないからこそ、今後の伸びしろが大きいと評価されるかもしれない。アカデミーで適切なトレーニングを積めば、化ける可能性だってある。恵まれたからだを授かったあいつも、歩夢とはまたちがう、天才と呼べるかもしれない。

――では、自分はどうなのか？

おれのショックが大きかったのは、今回初めての合宿形式で、今までになくさまざまなテストや検査を受け、総合的に判断されたからだ。

同時に、自分には足りないものがたくさんあることを思い知らされた。

あの合宿後、二次まで通過していた、J2に所属するサーディンズのアカデミーのセレクションに引き続き参加した。チームメイトのコバは、二次選考で落ちてしまった。

おれは最終選考まで残ったものの、合格できなかった。

「――なんてこった」

つぶやき、読み終えた手紙をしばらく見つめた。

そしてもう一度ため息をもらすと、手にした手紙をくしゃくしゃにまるめ、後ろに放り投げた。

☀

「――ダメでした」

JFAアカデミーから不合格通知が届いたことを所属するライズFCのコーチに伝えた。

「ちょっと待て、太陽」

「は？」

「じつはな……」

コーチからすでにいくつかのジュニアユースクラブから、おれへの誘い、〝オファー〟が来ていると話があった。

ライズFCにはジュニアユースチームがないため、来シーズンからほかのクラブに入団するしかない。

「どこも県リーグ1部に所属する、地元では名の知れたクラブだ。ふつうであれば、セレクションに合格しなければ入団できないが、太陽の実績を買ってのことだろう」

「へえー、そうなんすか」

答えたが、おれは別のことを考えていた。

「コーチは、大原月人って知ってますか？」

「大原？」

「デカいフォワードなんです。サーディンズのセレクションでも、JFAアカデミーの合宿でも一緒でした」

「えー、知らんな……」

コーチは首をひねった。

「そうですか」

「そいつがどうかしたのか？」

「いえ、いいんです」

「じゃあ、なるべく早く先方には返事をしたいから、お母さんとも相談して決めてくれよな。なんだったら、練習に参加することも可能だから」

わかりました、とおれは答え、その場を離れた。

「なんだって？　コーチ」

様子をうかがっていたコバが近づいてきた。

「ジュニアユースのクラブから声がかかってるから、どこへ行くか早く決めろってさ」

「おれもサーディンズに落ちてから言われた。てことは、JFAアカデミー、だめだったのか?」

「ああ、落ちた」

おれはなんでもない素振《そぶ》りをした。

「でもすげえじゃん。サーディンズもJFAアカデミーも最終選考までいったんだから」

コバはやけにうれしそうだ。

「で、太陽はどうすんだ?」

「まだ決めてない」

「同じクラブに入って、全国目指そうぜ」

「へっ」

おれはまともに返事をせず、笑ってみせるにとどめた。

ほかにもおれの進路を知りたがっている者がいた。

同じフォワードのポジションのチームメイトたちだ。どこに入るのかしつこく聞いてくる。そいつらは、おれと同じクラブに入るつもりなどさらさらない。おれと同じチームでレギュラー争いをするのを避けたいからだ。

そんな気持ちの弱いやつに、そもそもフォワードが務まるものだろうか。

「やっぱさ、強いチームに入ろうぜ。名前の通った」

コバが後ろからついてくる。

「――そうだな」

たしかにそれしかない。

そこであいつらを見返してやろう。

練習のあと、オファーが来ているクラブのなかで、どこのチームが一番強いかコーチに尋ねた。

その話には、コバも加わった。

「家からは少し遠いかもしれないけど、成績から言えば、ここあたりかな。県リーグ1部で上位の常連だしな」

「おれもそこがいいと思ってます」

　コバが口をはさんできた。

「もちろん、セレクションで選手を集めてるし、クラブとしてほしい選手には声をかけてるみたいだしな。うちでは、太陽と小林について話をもらってる」

「いいじゃん」

　コバがすかさず声を上げる。

　おれは、コーチが指さしているプリントのクラブ名を見つめた。

　――ウイナーズFC。

　勝者のフットボールクラブ。

　いい名前だ。

「じゃあ、ここにするわ」

「マジで？」

　コバが声を上げる。「じゃあ、おれも」

「返事をしていいのか太陽？」

　コーチに問われた。

「はい、お願いします」

　おれはサッサと決めてしまった。

そのとき、ふと思ったんだ。

――あいつはどうするんだろう。

大原月人のことだ。

そして、あの最終選考合宿の最後の試合前に交わした言葉を思い出した。

「きみは太陽で、ぼくは月だ」

月人が言った。

「へっ」とおれは笑った。

「じゃあ、おれらツートップは、〝太陽と月〟ってわけだ」

あいつとツートップを組むのもわるくない。

なぜかそう思った。

あらためて自分に合った中学年代のクラブを探しはじめたぼくは、晴男に言われた。

「今のおまえは、だれにも知られていない、ただのサッカー少年。だれもおまえの名前なんて知らない。だれもおまえに注目なんてしとらん。言ってみれば、そこらへんに生えてる〝ぺんぺん草〟と同じよ」

たしかに、そのとおりだ。

ぼくは雑草にすぎない。

「──だがな、月人。雑草はどこにでも生えることができる。やせた土地だろうが、日陰だろうが、それこそアスファルトの隙間《すきま》だろうがしっかり根を張る。いろんな雑草がいる。ただひとつ、おまえがほかの雑草とちがうところがあるとすれば、それは、背の高い雑草だってことよ。今のところはな」

晴男の言葉に、ぼくはうなずいた。

そんな今の自分に最も必要なのは、なんだろう？

それは、入団するクラブの実績や知名度、あるいはナイター設備の整った人工芝のグラウンドじゃない気がした。

どんなピッチであろうが、まず自分が試合に出場できること。

そのことが一番大切な気がしたのだ。

そう思えるようになったのは、ライバルと競い合った、あの三日間の最終選考合宿のおかげだ。ひとたびピッチに立てば、所属しているクラブの名前や、トレセンという肩書きは、なんの役にも立たない。

ピッチの上で、自分が何者であろうとするのか、それを表現する勇気と手段を持つ者だけが、真のプレーヤー、選ばれし者になり得るのだ。

そのことを強く意識した。

それにぼくは、ますますフォワードのポジションで勝負をしたくなった。フォワードがおもしろくなった。

フォワードとして自分を認めてくれ、ピッチに立てるチームこそが、自分にとって最良の選択になるように思えてきた。

――でも、そんなチームあるだろうか？

それについて晴男に相談してみた。

「ほー、おもしろい。ふつうは、そうは考えんな。いいところに目をつけた」

晴男はうなずいた。

「そうかな？」

「そりゃあ、そうじゃろ。人には見栄《みえ》ってもんがある。他人の目を気にして、少しでも自分をよく見せたがる。いい大人になっても、そういうやつはいるもんだ。有名ブランドの名前が入ったものをやたらと身に着けたがる。じゃがな、月人。そりゃあ、ふつうの人間がやることよ。おまえは特別な選手になりたいんだろ。だったら、ふつうじゃ、だめなんよ。ふつうじゃ、ふつうにしかなれんからな」

晴男はなんでもないことのように話した。

――ふつうの発想では、ふつうの結果しか生みださない。

たしかにそうかもしれない。

「なるほど」

ぼくはうなずいた。

時間をかけて練習会に参加していたウィナーズFCへは、もう行くのはやめた。セレクションを受けるつもりもない。

県リーグ1部に所属するクラブに入れば、仲間に自慢できるだろう。でも、そこでフォワードとして試合に出場できなければ意味がない。

背が高いからといって、それこそゴールキーパーやセンターバックにでもされたら、たまったものではない。

それに晴男が指摘してくれた、ぼくの唯一と言ってもいい特徴をのばすべきだと考えた。

それは高さだ。
晴男から教えられたことだが、オランダの名門クラブが選手を評価する際、「TIPS《ティップス》」というキーワードがよく使われるそうだ。
「TIPS」とは四つの基準の頭文字で、
「T」はTechnique（テクニック）
「I」はIntelligence（インテリジェンス）
「P」はPersonality（パーソナリティー）
「S」はSpeed（スピード）
を表している。
「T」と「S」、テクニックとスピードについてはわかるが、「I」と「P」、インテリジェンスとパーソナリティーについては、よくわからなかった。
晴男によれば、「I」のインテリジェンスは、理解力。サッカーにおける学習能力のこと。
「P」のパーソナリティーは、個性や人柄、日頃からどのような行動をとっているのか、ということらしい。
参加した最終選考合宿でいろいろな検査やテストがおこなわれたのは、これらを調べるためだったのだろう。今になって気づいた。

「――じゃがな」

晴男は言葉を継いだ。「この国のある名門クラブのスカウトマンは、その「TIPS」にもう一文字つけ加えて選手を見る、と本に書いておった」

「スカウトマンって？」

「ほれ、すぐれた選手を探し当てて、チームに誘う人のことぞ。でな、そのスカウトマンがつけ加えた頭文字ってのはな、『H』じゃ。わかるか？」

「え？　エッチ？」

「ちがう。すけべのエッチじゃない」

晴男は首を横に振る。「エイチじゃ」

「H」が頭につく、英単語って――。

「わからんか？」

晴男が目を細めた。

「それこそ、おまえが天から授かったもんさ」

「わかった！」

「なんだ？」

「高さ、『Ｈｅｉｇｈｔ』だね」

ぼくは大きな声で答えた。

「そうよ」

晴男は二度うなずいた。

「いいか、おまえは今、小学六年生としては背が高い。でもな、みんなこれから背がのびる。背をのばすには、大きく三つの要素が必要だと言われとる。ひとつは〝栄養〟。もうひとつは〝運動〟。そして、〝睡眠〟。それらをしっかりとるには、日頃の自己管理が必要だわな。つまりそれは、『ＴＩＰＳ』の『Ｐ』、パーソナリティーの部分でもある。さっき、月人の高さは天から授かったものと言ったが、それだけじゃない。好き嫌いなく食べることや、練習を休まないこと、規則正しい生活を送ることで、背がのびたんよ。それには、自分を律する強い心や努力も必要なんさ」

晴男とのやりとりを思い出し、さらに背をのばすために、通うのに時間のかかりすぎるクラブはやめることにした。

だから、県リーグの何部に所属しているとかよりも先に、家から近いクラブにしぼることにした。

ウイナーズFCの場合、練習場所まで片道約一時間、家に帰って食事をして風呂に入ると、寝るのは午後十一時以降になってしまう。それでは、睡眠がじゅうぶんとれなくなる可能性が高い。交通事故に遭うリスクだってある。

だったら、近ければ近いほどいい。

その上で、自分がフォワードとして試合に出場できそうなクラブを探してみることにした。


条件に合いそうなクラブがひとつだけ見つかった。

そのクラブの練習場は、なんとぼくの家から自転車で十分足らず。

晴男の家からなら、歩いても数分の距離にあった。

クラブの名前は、「ラッカセーズ」。

——ラッカセーズ？

どんな意味だろうか？

成績は？

インターネットで調べると、県リーグの一番下、3部に所属している。

「うわ、3部かよ」

思わずパソコンの画面を見ながらつぶやいた。

練習に参加していたウイナーズFCは1部、今所属しているウェーブFCは2部だから、さらにその下まで落ちることになる。

見映えのしないクラブのホームページによれば、とくに練習会やセレクションはおこなっていないようだ。

つまり、だれでも入れる。

選手紹介には、メンバーらしき子供たちの写真がある。見る限り、人数はかなり少ない。練習場所を示した地図は載っているものの、スタッフの紹介などはなかった。問い合わせ先すら載っていない。

「だいじょうぶかな」

ぼくは思わずつぶやいていた。

その近所にある謎のクラブの話を、晴男にした。

「近いけど、弱そうだし、かなりあやしい感じなんだよね」

「ふむ」

「ラッカセーズって、意味わかんないし」

「ああ、そのクラブなら知っちょる」

晴男はゴホンと咳払《せきばら》いをした。

「クラブの練習場、晴じいの家から近いもんね」

「ラッカセーズが使ってるグラウンドは、もともと畑でな、昔は落花生を育ててたんよ」

「え、落花生って、ピーナッツのことだよね。じゃあ、もしかして『落花生ズ』ってこと？」

思わず笑ってしまった。

「ああ、そうとも。じいちゃん、そこのコーチしとったから」

晴男は、「ハッハッハッハ」と高笑いをした。

☾

「ラッカセーズか……」

ひとりの部屋でつぶやいた。

ぼくは落花生がそれほど好きではない。殻を割るのがめんどうだし、実をうまく取り出しても、ときどきハズレがあるからだ。

「ねえ、見てみて」

虹歩の声がして、突然部屋のドアが開いた。

「ノックぐらいしてよ」

ぼくはいつも言われることを姉に返した。

「ほら見て」

虹歩はぼくの言葉を無視して、手にした大きめの財布を見せた。生地の柄にはブランド名が織り込まれている。

「クリスマスプレゼントにもらったんだ」

「だれに？　サッカー部の人？」

「だからあいつとは別れたって言ったでしょ」

「あ、ごめん」

「サッカーの練習サボって、ほかの女子と会うようなやつだったからね」

別れた理由は初めて聞いた。

新しい彼氏でもできたのかと思ったら、「晴じいがくれたの」と虹歩が言った。

「え？」

「高校受験がんばれって」

「そうなんだ」

「いいセンスしてるよね」

「その財布、だれが選んだの？」

「だから晴じいだよ、ブランド物はしっかりしてるからって」

「そう言ってたの？」

「そうそう、母さんも同じブランド持ってて、晴じいに買ってもらったんだって」

「へえ、そうなんだ」

ぼくは小さくため息をついた。

言ってはなんだが、ラッカセーズにはブランド力などまったく感じない。

それでもとりあえず、練習を見に行くことになった。

晴男が知り合いのコーチにぼくのことを話したところ、ぜひ一度グラウンドに来させるように頼まれてしまったのだ。

正直、乗り気ではなかった。

なぜならラッカセーズの練習は、平日には二日しかないことがわかったからだ。練習会に参加したウイナーズFCやウェーブFCは、平日は三日。いくらなんでも平日二日は少なすぎる気がした。

しかもラッカセーズは、来春の新一年生が十一人そろうかさえ怪しい。県リーグ3部であるのもうなずける。

「ぼくは入らないと思うよ」

まずは釘を刺しておいた。

「それは、おまえの自由じゃけん」と晴男は答えた。

その日の放課後、晴男の家から歩いて数分のラッカセーズの練習場へ向かうと、すでに子供たちが集まっていた。そこが以前、落花生畑だったというのもうなずける。なぜなら今も近くに畑が点在しているからだ。

――マジか……。

心のなかでつぶやいた。

はっきり言って、練習に参加したウイナーズFCが使っていた人工芝のグラウンドとは雲泥の差だ。

というか、比べることとさえ失礼だろう。

ところどころ雑草が生えているラッカセーズの土のグラウンドは、雨のあとに練習したせいか凸凹《でこぼこ》で、ボールが不規則にバウンドしている。

いつものことなのか、だれも気にしていない様子だ。

黒のグラウンドコートを着たコーチらしき男の人が、すぐにこちらにやって来た。

「どうもどうも、おひさしぶりです」

岩本《いわもと》と名乗ったチームの監督は親しげに晴男と握手を交わした。

ぼくも握手を求められ、「こんにちは」と挨拶し、手を差し出すと、痛いくらいしっかり握り返された。

岩本監督は、ぼくより背が低かった。けれど、やけにからだが大きく見えた。脚の短い体型からして、サッカーをやっていたようだ。

晴男が岩本監督と話をしているあいだ、二基しかない、といっても、かなりちゃちな照明灯に照らされたグラウンドを眺めた。

広さはそこそこある。

ゴールはあるにはあったが、片方は少年用のゴールで、もう片方は、なんとミニゲーム用のゴールを二つ並べて代用しているありさまだ。

練習に参加している子供の着ているウェアは各自バラバラ。マンチェスター・ユナイテッド、ユヴェントス、レアル・マドリード、FCバルセロナのメッシが三人いた。

上手《うま》い子も、下手な子もいる。

大きい子もいたし、小さい子もいる。

どうやら、学年ごちゃまぜで練習をしているようだ。

――おいおい。

ぼくは心のなかでため息をついた。

見学の終わりに、岩本監督から声をかけられた。

「けっして恵まれた環境じゃないけど、こういうグラウンドを経験すれば、それこそどんな場所でもサッカーができるようになる。一年生でも実力次第で上の学年の試合に出場するチャンスもあるよ」

説得力があるようなないような言葉に、ぼくは小さくうなずくにとどめた。

ポジションについては問われなかった。おそらく晴男から聞いていたのだろう。

岩本監督はとても熱心にぼくを誘ってくれた。

そんな経験は初めてで戸惑ったくらいだ。


土曜日の朝早く、家の前に晴男の軽トラックが停まった。

なにかと思えば、ラッカセーズの試合を見に行かないか、と誘いに来たのだ。

U－14、つまり中学二年生以下の公式戦だという。

――マジか。

と思った。

クラブの予定が入っているからと断ろうとしたら、今日のぼくの練習は、午後三時からだと晴男は知っていた。

「行かなきゃだめかなあ」

「岩《がん》ちゃん、ぜひ来てほしいって言ってたぞ」

岩本監督のことだ。

「そう言われてもねー」

語尾をのばした。

「試合を見れば、判断できるだろ？」

晴男は言うが、すでにぼくの気持ちは固まりつつある。

ただ、断ることに慣れてない。

「じゃあさ、その試合でもしラッカセーズが負けたら、断るからね」とぼくは答え、そのままのかっこうで軽トラックに乗りこんだ。

試合会場に着くと、すでに両チームの選手たちがグラウンドに整列していた。

少し高台になった場所で晴男と並んで観戦することにした。

ラッカセーズの対戦相手は、県2部リーグに所属する格上のクラブチームだという。選手はすべてセレクションに合格した子たちで、ベンチには控え選手がたくさんいる。ベンチに入れず応援にまわっている選手も三十人はいるだろう。

一方、ラッカセーズのベンチには、岩本監督のほかに、二人だけが座っている。人数が足りないため、中学一年生も試合に出場しているという。とはいえだれもがベンチに入れるわけではなく、一年生の多くはボールを蹴って遊んでいる。

すぐに試合がはじまった。

開始早々、ラッカセーズはあっさり先制点を奪われてしまった。

「――なにやっとんじゃ」

隣で晴男が嘆いた。

――やっぱり、ないな。

ぼくは思った。

しかし前半終了間際に、相手のオウンゴールを誘うプレーで同点に追いついた。

ラッキーなゴールだ。

1対1のまま前半終了。

ハーフタイム、晴男は余計なことは口にしなかった。

ぼくも黙っていた。

――試合再開。

後半、意表を突いた敵のミドルシュートが決まった。

「うわ、今のはシュートを誉《ほ》めるべきかな」

ぼくは思わず、ラッカセーズをかばう言葉を口にした。

というのも、ラッカセーズの選手たちはボールを奪われても、あきらめずにとり返す姿勢を見せ、弱いチームながらもそこは好感が持てたからだ。

それぞれが自分なりにがんばっているように映った。

岩本監督もベンチからさかんに声をかけている。

その失点からの10分後、ようやく訪れたラッカセーズのコーナーキック。ペナルティーエリア内の混戦からラッカセーズの選手がボールをゴールに押しこんだ。

けっして美しいゴールではなかったけれど、1点は1点だ。

「うほっ、ナイスファイト！」

晴男の顔がほころぶ。

ラッカセーズが、またもや追いついた。

「なかなか、やるじゃん」

口元がついゆるんだ。

しかしその後は、敵の猛攻を受け、ラッカセーズはゴール前に押しこめられ、耐える時間が続いた。

敵のゴールが決まるのは、もはや時間の問題のようにも見えた。

それでも、からだを張ってシュートを阻止する。

危なっかしいシーンの連続だ。

だが、ラッカセーズの選手たちはあきらめていなかったようだ。

「ほれ、最後のチャンスだ。走れ！」

晴男がめずらしく声を上げるや、ディフェンダーがゴール前からボールを大きくクリアした。

そのボールをチーム一の俊足の10番が追いかける。

次々にほかの選手たちも走り出す。

それは、あまり見かけないピーナッツ色のユニフォームを着た選手たちだった。

彼らはまだ勝利をあきらめてはいなかったのだ。

一方的に攻めていた敵の選手の足は止まっている。

「よし、いけ！」

晴男が叫ぶ。

ラッカセーズのカウンター攻撃は、シュートで終わった。

でも、そのシュートはゴールの枠をとらえきれなかった。

10番は悔しげに天を仰いだ。

そこで主審の笛が鳴り、試合終了。

公式戦とはいえ、リーグ戦のためか、ＰＫ戦はやらなかった。

ラッカセーズは、勝てなかった。

けれど、負けなかった。

選手たちは整列し、試合後の挨拶を交わした。

帰ろうとしていたら声が聞こえた。

「おーい、月人くーん」

岩本監督がベンチから呼んでいる。

「なんだろう？」

「なんだべか？」

晴男も首をかしげた。

「うちの試合、どうだった？」

聞かれたので、少し考えてから、「よく持ちこたえたと思います」とぼくは正直に答えた。

「だよな、おれもそう思った」

岩本監督はうなずくと続けた。

「ところで、これから今の相手と、中学一年生の練習試合があるんだ。もしよかったら、出てみないか?」

「え?」

「サッカー、やりたいだろ?」

試合を見ていてたしかに気持ちが高ぶった。

「でもスパイク持ってきてないし」

「トレシューでいいじゃない」

日に焼けた岩本監督の顔が笑っている。

——こんなことってアリだろうか。

いくら練習試合と言ったって、相手は中学生。

自分はウェーブFCに所属している身であり、午後から練習だってある。

はっきり言って、ふつうじゃない。

ぼくは困って晴男の顔を見た。

晴男は素知らぬ顔をしている。自分で決めろと言わんばかりに。

「ほんとに出てもいいんですか?」

「もちろん。ほら、このユニフォームに着替えて」

岩本監督が用意していたように答えた。

今の試合を観戦していて、自分だったら――。

何度もそう思うシーンがあった。

からだがうずいてしかたなかった。

「――じゃあ、出ます」

ぼくはピーナッツ色のユニフォームを受けとった。

9番だった。

背番号9はフォワードの、エースストライカーの番号だ。

素直にうれしかった。

晴男が親指を立てて見せた。

もしかしてこれって、チームに入団させるための策略だろうか？

疑わしかったものの、その場でかるくアップをすませたぼくは、試合ではセンターフォワードとしてピッチに立った。

飛び入りしたぼくを、ラッカセーズの中学一年生たちは歓迎してくれているようだ。

というのも、そもそも人数が足りなかったのだ。

そんな彼らのなかに入っても、小学六年生のぼくの背が一番高かった。

――キックオフの笛が鳴る。

ぼくは最初から飛ばした。

頰をなぜる風が心地よかった。

――自分をフォワードとして認めてくれている。

試合中にそう感じることができたのは、ゴール前での最初のシュートチャンスのときに、ぼくにパスをくれたからだ。

ぼくもなんとかそれに応えようとした。

試合がはじまってまだ5分と経《た》っていないその瞬間、ゴール前に走りこんだぼくに、右サイドからクロスボールが入ってきた。

ぼくはワンバウンドしたボールを右足の甲でしっかりととらえた。

ジャストミートしたボレーシュートは、ゴールネットに突き刺さった。

敵のキーパーは一歩も動けなかった。

自分自身、驚いたくらい完璧《かんぺき》なシュートだった。

小学生のぼくが、中学生から先制ゴールを奪ってしまったのだ。

「ナイッシュー！」

センタリングを上げてくれた子が駆け寄ってきた。

ほかのチームメイトもぼくのまわりに集まってくる。

みんなの笑顔の中心に自分がいた。

ぼくも笑っていた。

先制ゴールで勢いに乗ったラッカセーズは、その後も押し気味にゲームを進めた。

ぼくは前線で走り続け、2ゴール目を決めた。

試合は5対1の大勝。

試合後、ラッカセーズの選手たちから声をかけられた。

「ねえ、きみって、うちに入るの？」

「待ってるからね」

「絶対だぞ」

ぼくは笑って答えなかった。

岩本監督には握手をされ、再度熱心に勧誘された。

——このチームは自分を必要としてくれている。

そう感じた。

そんなことは初めてだ。

試合終了の笛が鳴ったとき、じつはぼくは、すでに決めていたのだ。

フォワードとして、ラッカセーズの一員になろうと。

サッカーをプレーしてこんなに楽しい気分になったのは、ひさしぶりのことだった。

右足のトレシューには、先制ゴールのボレーシュートの感触がまだ残っていた。

みんなに囲まれたぼくを、晴男は静かに見守っていた。

帰りの軽トラックの助手席で、ぼくはラッカセーズ入団の意思を口にした。

「本当にそれでいいのか?」

「うん、決めた」

「ラッカセーズは強かないぞ」

「そうだね」

「グラウンドだって粗末なもんだ」

「たしかに」

「人数だって集まるかどうか……」

「うん、それでもいい」

「まあ、最後は自分で決めろ」

晴男は前を向いたまま、目尻にしわを寄せ、小さくうなずいた。


〝いつか月人とピッチで会うのを楽しみにしてる〟

十二月下旬、沢村歩夢から届いたメールには、そう書かれていた。

歩夢は、来春からＪＦＡアカデミー福島に入ることが決まったそうだ。

第二回の募集選考で、ただひとりの合格者に選ばれたとのことだ。

――やっぱり、歩夢だったか。

うなずき、納得した。

すぐにお祝いのメールを返信した。

ぼくはチームメイトのノブだけに、ＪＦＡアカデミー福島の最終選考合宿の話をした。彼はとても驚いていた。同じ中学校に進むノブにサッカーの進路を問われ、答えたところ興味を示した。彼もまたウェーブFCには残らないと決めていた。するとノブは、ぼくが選んだ地元クラブ、ラッカセーズに入ることになった。ぼくは入部する人数が少ないことが心配だったが、彼にとっては好都合だったのかもしれない。

そんなノブの話では、〝ライジング・サン〟こと、小桧山太陽は、Jリーグ2部サーディンズのセレクションの最終選考に残ったらしい。

しかし、落選したとのこと。

理由はわからなかった。

その後、太陽は県リーグ1部に所属する複数のチームから誘いを受け、ウイナーズFC入団を決めたそうだ。早くも練習に参加しているらしい。

その話を聞いて驚いた。ウイナーズFCは、ぼくが体験練習会に参加した、入っていたかもしれないクラブだったからだ。

ぼくらはまた、すれちがったわけだ。

それはそうと、歩夢も太陽も、やっぱり、すごいやつらだったんだなあ、とあらためて感じた。

そして、彼らと競い合った日々を誇りに思った。

年が明けた元旦、大原家の一同は、全員そろって晴男の家へ、年始の挨拶に出かけた。

「明けましておめでとうございます」

いつものようにぼくが家族の代表として、挨拶の音頭をとる。

「今年もよろしくお願いします」

居間に正座した父、母、姉、ぼくが頭を下げる。

正面に着物姿で正座した晴男も同じ言葉をくり返した。

そして、いつものようにポチ袋に入れたお年玉をくれた。

「待ってました！」

虹歩がほくほく顔になる。

「じつはな、中学生になる月人には、ほかにもお祝いを用意した」

そう言って晴男が差し出したのは、真新しいサッカーボールの5号球。小学生年代で使われているボールよりひとまわり大きい、大人が使うボールだ。

「ありがとう。早く慣れるために、このボールで練習するよ」

「それとな……」

晴男がチョイチョイと手招きする。

玄関で草履《ぞうり》をはいた晴男のあとを追い、畑のある家の裏手へ足を運んだ。

「えっ！」

ぼくは声を上げた。

そこには、なんとサッカーのゴールがあったのだ。

少年用のゴールよりひとまわり大きな、中学生になったら使うサイズだ。

「これ、どうしたの？」

よく見ればポストもバーも材木で組んであり、白いペンキが塗ってある。

「もしかして、晴じいがつくったの？」

一緒についてきた虹歩が指さした。

「ああ、そうとも」

晴男は胸を張った。

「すごいじゃん」

「なんのなんの」

「ねえ、練習のない日、毎日ここに来ていいかな」

「好きにせい」

「やれやれ、二人とも、ふつうじゃないね」

虹歩が呆れるように笑った。

これまでのぼくは、どこかで自分に自信が持てなかった。

人とちがうことはどちらかといえば、恥ずかしいこと、よくないことのように思っていた。だから目立ちたくなかった。

——でも、そうでもない気がする。

教えてくれたのは、太陽かもしれない。

あんなに小さなからだで、太陽はドリブルで敵を抜き去り、ゴールを決める。

むしろ小さいことで、すばしっこく、敵を翻弄《ほんろう》する。

人とちがうことは、自分の持っている個性、言ってみれば才能なのだ。

才能は活かすべきだと、今は強く思う。

「いいか、月人。フォワードっちゅうもんは、シュートを決めてこそフォワードなんよ。そのためには、だれよりもシュートをたくさん打つことだ。このゴールに向かってな」

両腕を組んだ晴男はそう言うと、「ハッハハハ」と高笑いをした。

「よしっ！」

ぼくは手にした真新しい5号球を地面に置き、後ろに五歩下がった。

いつのまにか、家族全員が集まって見守っている。

ぼくは鼻から吸った息を口から細く吐き、スタートを切る。

左足をボールの横に踏みこみ、ゴール目がけて思い切り右足を振った。

「シャン！」とネットを擦《こす》る音がして、ボールがゴールに突き刺さる。

「ナイッシューじゃ！」

晴男のしゃがれ声がした。

耳に心地よい、遠い歓声が聞こえたような気がした。

ぼくは空想の芝生のピッチでゴールパフォーマンスをするように、両手を青空に向かって広げた。

そして、目映《まばゆ》い太陽に目を細めながら、笑みを浮かべ誓った。

——そうだ。

あきらめなければ、夢は叶うかどうか。
自分自身でたしかめてみよう。

――本書のプロフィール――

本書は、二〇二二年八月に小学館より単行本として刊行された作品を加筆修正のうえ改題し、文庫化したものです。

小学館文庫

太陽《たいよう》と月《つき》　サッカーという名《な》の夢《ゆめ》

著者　はらだみずき

二〇二五年一月十二日　初版第一刷発行

発行人　庄野　樹
発行所　株式会社 小学館
〒一〇一-八〇〇一
東京都千代田区一ツ橋二-三-一
電話　編集〇三-三二三〇-五九五九
　　　販売〇三-五二八一-三五五五
印刷所――TOPPAN株式会社

ISBN978-4-09-407420-8